REGRETS SUR MA VIEILLE ROBE DE CHAMBRE

suivi de la

PROMENADE VERNET

DIDEROT

Regrets sur ma vieille robe de chambre

suivi de la

Promenade Vernet

Édition établie par Pierre Chartier

LE LIVRE DE POCHE

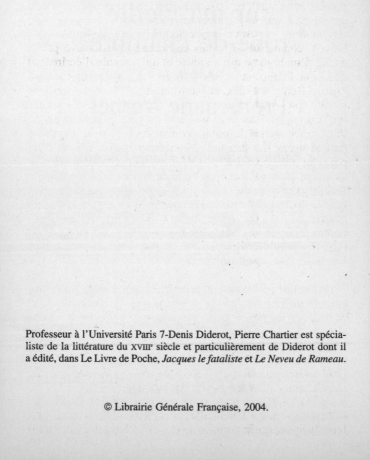

Professeur à l'Université Paris 7-Denis Diderot, Pierre Chartier est spécialiste de la littérature du XVIII⁰ siècle et particulièrement de Diderot dont il a édité, dans Le Livre de Poche, *Jacques le fataliste* et *Le Neveu de Rameau*.

Présentation

Diderot, penseur audacieux, causeur incomparable, et pourtant contraint comme écrivain à un pesant silence public, était aussi un critique aigu de lui-même. Il savait apprécier à leur juste valeur ses *Regrets sur ma vieille robe de chambre*. « C'est un morceau que j'aime, quoique un peu bavard, commente-t-il. Mais ce bavardage est sauvé par la gaieté d'un homme qui s'amuse et qui a résolu d'écrire tant que cela l'amusera. » Ses lecteurs lui ont aussitôt donné raison. Remarqué dès sa parution en 1769, plusieurs fois réédité, plus tard répertorié dans les anthologies, ce texte bref est en fait l'un des rares écrits signés et personnels du Philosophe auquel le public contemporain ait eu immédiatement accès. La censure n'y trouvant pas à redire, c'est pour lui une occasion rêvée de se faire connaître à son avantage, alors qu'il accède à une relative aisance. Le célèbre maître d'œuvre de l'*Encyclopédie*, alors âgé de cinquante-six ans, s'y représente dans son cabinet de travail du quatrième étage de la rue Taranne, au milieu de son décor quotidien et de ses outils de travail, revêtu de sa fameuse robe de chambre, signe visible de son « métier » et de son « engagement » philosophiques.

Diderot a bien besoin de cette opération de séduction face à ses détracteurs. Qu'est-ce en effet qu'un « philosophe » ? Et celui-là, ce libertin boulimique de savoir débarqué trente ans plus tôt de sa province sans un sou, réchappé des prisons du roi grâce aux « libraires » qui l'emploient ; le directeur admiré et contesté du *Dictionnaire* encyclopédique œuvrant sous l'œil sourcilleux de la police et de ses nombreux ennemis, cruellement caricaturé par Palissot dans sa comédie des *Philosophes*, mais apprécié, voire défendu, dans d'excellentes « sociétés », jusqu'à Versailles ; l'ancien ami du « vertueux » Jean-Jacques, qui le menace de ses « révélations » (du moins il le craint) ; le récent protégé de Catherine II, impératrice de Russie, qui vient de lui acheter sa bibliothèque et lui consent une rente annuelle : quel est-il ? S'apparente-t-il tout compte fait à Aristippe, philosophe antique qui pratique l'ambivalence et le compromis, paradant volontiers, familier des grands, revêtu d'un riche manteau écarlate, ou à Diogène, à demi nu dans son tonneau et qui dit rudement à Alexandre : « Ôte-toi de mon soleil » ? La question se pose, en effet. Où donc est, Denis, ton ancienne robe de bure passée ? Aurais-tu avec les ans comme tant d'autres changé ? Depuis qu'il est devenu un amateur très éclairé de peinture et de sculpture, familier des meilleurs artistes du temps, l'auteur surdoué des *Salons*, ambassadeur culturel de la « Sémiramis du Nord » pour laquelle il tente de racheter des collections entières de tableaux à seule fin de constituer le fonds du musée de l'Ermitage, a-t-il cédé comme tant d'autres aux sirènes du « luxe » ? Aurait-il abandonné le souci du grand et du vrai, quoi qu'il en coûte, au profit des frivolités scabreuses du temps ? Nullement, répond-il. Si son « intérieur » a été rénové par une dame impérieuse (non pas l'impératrice, mais la fort riche et importune Mme Geoffrin), son propos et ses actions sont toujours les mêmes, son cœur est resté pur, ses « mœurs » irréprochables. Certes, sa vieille robe de chambre, modeste et utile, lui convenait bien mieux que la nouvelle, inutilement somptueuse. Mais l'habit, plaide-t-il avec un sourire, ne fait pas toujours le moine.

En vérité l'est-elle tant, cette robe, et nouvelle, et somptueuse ? Rien moins que luxueuse, si l'on en croit Melchior Grimm, expert dans l'art de la mise en scène, qui s'entendait à faire valoir le Philosophe aux yeux des puissants et riches abonnés de sa *Correspondance littéraire*, cette feuille manuscrite tolérée par les censeurs car elle informait des nouvelles de Paris quelques têtes couronnées d'Europe, dont la moindre n'était pas Catherine. Cette fameuse « surpeau » avait récemment frappé ses visiteurs par sa couleur éclatante, à l'égal du nouveau tableau de Vernet accroché au mur, « don » de l'artiste au critique. Grimm, soucieux de plaire, aurait bien aimé par exemple que Diderot se défît de la toile au profit d'un prince polonais de passage. Le Philosophe, mi-riant mi-sérieux, s'y refuse. Il le lui écrit par le

biais de la *Correspondance littéraire*, dont il est l'auteur-
vedette. Diderot, surveillé en son pays, est donc l'intime
connaissance, sinon l'obligé, de quelques grands de ce
monde, avec lesquels il ferait affaire... N'est-il pas exposé
à la corruption, au cynisme opportuniste, à tous les jeux du
courtisan ? Sans doute, mais à l'en croire nul n'y résiste
mieux que lui : car telle est la vocation du Philosophe, n'en
déplaise aux calomniateurs. Et voilà comment il improvise
ses *Regrets*, « fragment » possible pour le *Salon* suivant,
celui de 1769, où l'éloge de Joseph Vernet, grand peintre
de tempêtes, « créateur » à l'égal du Dieu biblique, voisine
logiquement mais gaiement avec la critique « prophétique »
du « luxe », ce fléau économico-moral de la société
moderne, ce péril menaçant les arts, les artistes, les écrivains
et tous les amis désintéressés du vrai, du bon et du beau.

Les *Regrets sur ma vieille robe de chambre*, fragment
spirituel à tonalité burlesque, rédigé selon des canons
éprouvés depuis la Renaissance, par-delà la plaisanterie,
visent ainsi à édifier : ils mêlent étroitement, habilement, les
deux registres. S'ils n'ont pas la vertu de régler des comptes
personnels comme *Le Neveu de Rameau*, œuvre secrète, ils
pouvaient du moins permettre au Philosophe d'apaiser en
une discrète revanche le souvenir de ses malheurs proches
ou lointains : la détention à Vincennes, les épreuves ency-
clopédiques ou ses anciens déboires théâtraux. On le voit
se moquer avec bonhomie de lui-même, non sans un vif
sentiment partout affleurant de ses mérites ; il n'attaque personne ; il délaisse ostensiblement métaphysique et théo-
logie ; il ne se pique pas directement de politique, mais de
morale et de goût ; entouré d'ouvrages classiques et des
tableaux qu'il aime, il a banni tout « luxe » au profit d'une
aimable et sage « pauvreté », dévouée au bien public. On
comprend le succès de ces pages brillantes, malgré quelques
difficultés de lecture, car le virtuose s'en donne à cœur joie :
y abondent élisions, allusions, interpellations du lecteur,
sauts de toutes sortes. Cette pétulance contrôlée convient ici
parfaitement. L'athée matérialiste virulent disparaît derrière
le père de famille responsable, l'ami et l'égal de Joseph
Vernet, pour proposer un « portrait du Philosophe en honnête particulier ami des arts ». Diderot se fait, dans l'espace

de dix pages, infiniment *présentable*. Il l'était d'ailleurs, sans doute aucun, avec, souvent, une pointe de fantaisie, de folie gaie propre à déconcerter les esprits graves. Qui oserait s'en plaindre ? Car l'honnête homme autoproclamé, le célèbre philosophe, est et se sait un grand écrivain.

De cela, la *Promenade Vernet*, fragment séparable de son plus beau *Salon*, nous convainc plus encore, par l'exemple. Elle propose, non de l'homme seulement, mais de sa pensée et de son art, une image éblouissante, aussi stimulante intellectuellement qu'esthétiquement réussie. C'est pourquoi les *Regrets*, composés à peine quelques mois plus tard, sont une excellente introduction à cette partie autonome de l'immense *Salon de 1767*. La *Promenade Vernet* fait en effet partie, sous le nom du peintre, des recensions de toiles, de statues et de gravures auxquelles, pour la *Correspondance littéraire* de Melchior Grimm toujours, s'astreint Diderot, visiteur en plein mois d'août du Salon qui se tient au Louvre, au cœur de Paris. Tâche fastidieuse, par moments. On comprend que, la lassitude aidant, lorsqu'il en vient à un peintre qui le dépayse et le ravit, Diderot suppose tout de go, sans préavis, qu'il a abandonné le Salon, Vernet et ses paysages pour un séjour rafraîchissant à la « campagne » – en fait, des montagnes au bord de la mer. Le voilà, parmi une « société » désœuvrée, dans un château situé au milieu de « sites » enchanteurs. C'est l'occasion de se lancer dans de longues randonnées à pied ponctuées de surprises avec un abbé précepteur, son interlocuteur familier, d'abord heurté puis conquis par les discours du Philosophe. Celui-ci admire, le souffle coupé, le « spectacle de la nature », et il le commente en matérialiste « éclectique » (autrement dit dégagé des dogmes), ouvert à la beauté toujours nouvelle d'un monde dont rien ne l'assure qu'il a été *créé*, et *créé pour nous*. Hasard y rime avec fatalité, existence individuelle avec nécessité générale, détails imperceptibles avec lois d'une nature toujours changeante, de même que *promenade* signifie également *entretiens*, tout cela exactement au sens de *Jacques le fataliste*, autre chef-d'œuvre alors en préparation, où abondent rencontres, tromperies, démystifications et commentaires en cascade. Car pour Diderot, écrire c'est converser, c'est essayer ses idées dans un débat ouvert ; c'est également feindre, à l'instar de l'artiste, sérieusement ou plus plaisamment, selon l'humeur ou l'occasion ; c'est enfin organiser, comme en sous-main, le décousu apparent du discours en une architecture serrée mais peu visible : conjonction heureuse, parfois déroutante, d'un monde et d'un conteur qui rivalisent de rouerie, à la fois contrainte et revendiquée ! De sorte que l'aimable « mystification » de ces entretiens-promenades, plus qu'à demi transparente – avant d'être révélée avec jubilation face au septième « site » –, ne nous trompe qu'autant que nous le voulons, comme l'art lui-même.

Diderot, on le voit, joue sur tous les tableaux. Quelle habileté, et quelle maîtrise ! Le dialogue avec l'abbé mais aussi, de manière décalée, avec Grimm, image amicale du lecteur, selon sa manière favorite, lui donne licence de multiplier les liaisons les plus imprévues entre la question, ici centrale, du *beau* et toutes les interrogations occupant ou traversant sa pensée et, accessoirement, au second plan, celle des hôtes qu'abrite le château, image en réduction, joliment satirique, d'une « société » des Lumières. Et ainsi la relation-ressemblance avec les *Regrets sur ma vieille robe de chambre* et avec *Le Neveu de Rameau* s'exprime ici d'une autre manière encore : par l'usage subtil, apparemment ludique, de la diversité des thèmes et des accents, et par la place privilégiée qu'occupe l'*art* dans un entretien « philosophique » portant sur les « *mœurs* », c'est-à-dire sur la vie sociale, politique, culturelle, sous tous ses aspects. Seule différence : alors que *Le Neveu*, installé au cœur le plus urbain du Paris du temps (un jardin, un café), est pénétré de musique et d'opéra, dans la *Promenade* c'est de *peinture* que nous sommes environnés, au point de traverser physiquement l'espace intérieur des tableaux-paysages, invités à rêver de concert sur le sens de l'« imitation » de la « nature » – ou, selon l'ambiguïté que Diderot ménage ironiquement, sur celui de la « création artistique », concurrence que fait l'homme à Dieu, avec pourtant infiniment moins de moyens !

La *Promenade Vernet*, redoublement de l'illusion artistique, est en cela, ainsi qu'on l'a dit du *Salon* tout entier, un véritable « carrefour philosophique » de l'*opus* diderotien. Malgré la présence *in extremis* d'angoissants vertiges oniriques, il est vrai distanciés, puis apaisés, elle figure le creuset euphorique où s'élaborent sous nos yeux les grandes œuvres de la maturité. La transition « expérimentale » ménagée, au long de quatre journées, de l'art à la nature, puis d'une nature extérieure, parcourue autant qu'admirée (des paysages), à une nature interne (des états d'âme, des rêves), peut s'entendre comme un assombrissement progressif, l'investissement du texte par les puissances cachées, terrifiantes, du songe et de la nuit. Elle peut, autrement, et plus légitimement pensons-nous, être lue comme la conjuration des fantasmes ou fantômes qui gouvernent l'art même, fût-il le plus lumineux ou le plus voué aux œuvres des hommes (comme la *Promenade Vernet* elle-même), dès lors qu'il touche en nous aux émotions qui nous ont bouleversés et enchantés depuis notre enfance.

Comment ne pas voir dans ce texte paradoxal l'une des pièces maîtresses de la philosophie de Diderot et l'un des chefs-d'œuvre de notre littérature ? Ce que les *Regrets sur ma vieille robe de chambre* affirment et suggèrent sur le mode du fragment bref et brillant, la *Promenade* nous le donne à goûter et à apprécier comme une « divagation » philosophique réglée, souveraine, d'une quarantaine de pages. Sorte de tableau à la fois continu et discontinu, un et multiple, *in progress*, peignant sans cesse une nature métamorphique dont il fait partie et qui l'engendre, elle est également la représentation d'une pensée à la recherche du plus juste d'elle-même, et toujours surprenante, pour elle comme pour nous, valant par l'inventivité énergique qui l'anime. Les questions qui relèvent du « goût » recoupent sans fin celles qui nourrissent une philosophie encyclopédique : le langage, sa pertinence et son usure, la croyance, avec son cortège de candeur et d'aveuglement, les lois naturelles face aux lois artificielles, la grandeur d'âme, même dans le mal, face à la pusillanimité des âmes médiocres ou à la sécheresse des calculs méthodiques, l'emportement de l'enthousiasme et les subtilités de l'intuition, le raisonnement et l'effusion, le « luxe » et ses excès déplorables, destructeurs du lien social et du sens du beau, le finalisme vite déconfit (car il croit naïvement, ou orgueilleusement, que l'homme est le centre et le but de la nature), l'escalade et la navigation, les exécutions publiques, les naufrages, les effets d'ombre et de lumière, les bruits qui alertent ou effraient, le jeu, le rire et les larmes, les catastrophes et les passions, la monstruosité, les rêves, cauchemars ou hallucinations, le sommeil et la veille, les « intestins » et le « cerveau », les pantomimes sociales et les « idiotismes » moraux, l'apprentissage, le travail, les vérités des Anciens et la sensibilité des « Modernes », les doctrines philosophiques face à la science naissante du corps, les « mœurs » toujours, les femmes, jeunes et vieilles, le désir, le devoir, l'amitié, l'amour et, point d'orgue « ultime » – aussi loin de toute polémique réductrice que du souci de quelque totalisation que ce soit, aussitôt démentie –, l'extase, la perfection du vivre, Dieu...

Seul en son siècle, Diderot était capable d'un tel tour de force : réunir en une « excursion » charmante, parfois inquiétante, toujours savante, tant d'aspects, aborder tour à tour et articuler tant de questions, au profit d'hypothèses hardies, exposées ensuite dans toute leur ampleur par ses textes majeurs, exactement nés à cette époque, au tournant des années 1760 et 1770. Moment exceptionnel, dont la *Promenade* est le lieu géométrique, philosophiquement parfait. Diderot en était sans doute conscient. Comme pour les *Regrets sur ma vieille robe de chambre*, il avait pris soin de recopier, à l'usage de Catherine mais surtout de la postérité, dont il faisait grand cas, contraint qu'il était par la censure, et menacé, redoutait-il, par la calomnie, ces pages qui se soucient d'instruire (la pédagogie et l'enfance sont emblématiquement placées au cœur du passage) ; qui s'entendent à surprendre et élucider tour à tour, et souvent provoquent un sentiment d'admiration qui n'a d'égal que celui que le promeneur ressent devant les vastes ciels et les vertigineux paysages de l'art ou de la nature... Diderot au meilleur de son génie : voilà ce que propose la « Promenade de Vernet », selon la dénomination qu'il lui donne lui-même. Il s'y place significativement sous le signe du grand artiste, tout à la fois « charlatan » retors et « magicien » profond, frère du « grand comédien » vanté dans le *Paradoxe* : lui-même sans doute, Denis Diderot, mais parmi ses pairs, saluant ses lecteurs attendus, à l'avance fêtés. Philosophe antisystématique de l'imitation créatrice, entre le sérieux et la fantaisie, il sait recourir aux vertus salutaires de la satire, mélange et critique, et à celles, subtilement contrôlées, de l'inspiration poétique.

Cette alliance toute en tension de la lucidité démystifiante et de l'exaltation visionnaire définit au mieux le sublime propre à l'art.

Pierre CHARTIER.

Note sur l'établissement du texte

Nous avons retenu, pour les deux textes, les manuscrits autographes de Diderot, les meilleures versions que nous ayons. L'orthographe en a été modernisée, ainsi que les signes qui marquent les dialogues. La ponctuation a été respectée, sauf lorsqu'elle pourrait rendre le sens obscur ou ambigu.

Dans les notes, *Furetière, Académie, Trévoux* désignent les dictionnaires dont ces groupes ou personnes sont les auteurs. Le *Furetière* a été publié en 1690. Les exemples tirés de l'*Académie* (4e éd., 1762 ; 5e éd., 1798) et du *Trévoux*, d'obédience jésuite (1732, supplément 1752), ne sont jamais postérieurs au XVIIIe siècle.

Fragment du *Salon de 1769*[1].

Regrets sur ma vieille robe de chambre,
ou
Avis à ceux qui ont plus de goût que de fortune

Pourquoi ne l'avoir pas gardée ? elle était faite à moi, j'étais fait à elle. Elle moulait tous les plis de mon corps, sans le gêner. J'étais pittoresque et beau. L'autre, roide, empesée, me mannequine[2]. Il n'y avait aucun besoin auquel sa complaisance ne se prêtât, car l'indigence[3] est presque toujours officieuse[4]. Un livre était-il couvert de poussière, un de ses pans s'offrait à l'essuyer. L'encre épaisse refusait-elle de couler de ma plume, elle présentait le flanc. On y voyait tracés en longues raies noires les fréquents services qu'elle m'avait rendus. Ces longues raies annonçaient le littérateur, l'écrivain, l'homme qui travaille. À présent, j'ai l'air d'un riche fainéant. On ne sait qui je suis.

Sous son abri, je ne redoutais ni la maladresse d'un valet ni la mienne ; ni les éclats du feu ; ni la chute de l'eau. J'étais le maître absolu de ma vieille robe de chambre ; je suis devenu l'esclave de la nouvelle.

Le dragon qui surveillait la Toison d'or[5] ne fut pas plus inquiet que moi. Le souci m'enveloppe.

Le vieillard passionné qui s'est livré, pieds et poings liés, aux caprices, à la merci d'une jeune folle dit depuis le matin jusqu'au soir : Où est ma bonne, mon ancienne gouvernante ! Quel démon m'obsédait le jour que je la chassai pour celle-ci. Puis il pleure, il soupire.

---

1. Seul le manuscrit autographe de Diderot, tardivement recopié pour Catherine II, porte cette mention. Précisons que, pour le Philosophe, *fragment* ne désigne pas un élément segmenté provenant d'un ensemble déjà constitué mais évoque l'élaboration spontanée de « morceaux détachés » dont il ne sait pas exactement où ni comment il les attachera.
2. Terme de peinture. Des tentures mannequinées sont disposées avec affectation.   3. Équivalent de « pauvreté », ce n'est pas la misère.
4. Prompte à rendre service.   5. Dans la mythologie grecque, c'est Jason l'Argonaute, à la tête d'une escouade de héros, et aidé par Médée, qui enleva la Toison d'or gardée par un dragon.

Je ne pleure pas ; je ne soupire pas ; mais à chaque instant je dis : Maudit soit celui qui inventa l'art de donner du prix à l'étoffe commune en la teignant en écarlate[1] ! maudit soit le précieux vêtement que je révère ! Où est mon ancien, mon humble, mon commode lambeau de calemande[2] ?

Mes amis, gardez vos vieux amis. Mes amis, craignez l'atteinte de la richesse. Que mon exemple vous instruise. La pauvreté a ses franchises ; l'opulence a sa gêne.

Ô Diogène, si tu voyais ton disciple sous le fastueux manteau d'Aristippe, comme tu rirais[3] ! Ô Aristippe, ce manteau fastueux fut payé par bien des bassesses ! Quelle comparaison de ta vie molle, rampante, efféminée, et de la vie libre et ferme du cynique déguenillé ? J'ai quitté le tonneau où tu régnais pour servir sous un tyran.

Ce n'est pas tout, mon ami[4]. Écoutez les ravages du luxe, les suites funestes d'un luxe conséquent[5].

Ma vieille robe de chambre était *une*[6] avec les autres guenilles[7] qui m'environnaient. Une chaise de paille ; une table de bois ; une tapisserie de bergame[8] ; une planche de sapin qui soutenait quelques livres ; quelques estampes enfumées, sans bordure, clouées par les angles sur cette tapisserie ; entre ces estampes, trois ou quatre plâtres suspendus

---

1. L'*écarlate*, teinture d'un rouge vif, était un signe de richesse et de puissance.   2. *Calemande*, ou *calmande*, ou *calmandre*, est une étoffe de laine lustrée d'un côté comme le satin.   3. Philosophes grecs du IV° siècle av. J.-C. Autant Diogène le Cynique, presque nu dans son tonneau, a mené une vie fruste, simple, et opposée aux conventions sociales de tous ordres, autant Aristippe le Cyrénaïque, vêtu de son riche manteau éclatant, aimait les plaisirs, le luxe, les dignités et la fréquentation des grands. 4. Alors que « mes amis » s'adresse aux lecteurs, « mon ami » désigne Melchior Grimm (1723-1807), écrivain et critique allemand, éditeur de la *Correspondance littéraire* (voir la Présentation) et l'intime ami de Diderot. 5. La critique du *luxe* garde une dimension moraliste mais s'inscrit aussi au XVIII° siècle dans une réflexion « économique » : il y a un bon et un mauvais luxe. Diderot défend cette position. *Conséquent* : « qui s'ensuit logiquement, ou nécessairement », ou encore ici : « qui va au bout de lui-même ».   6. *Une* renvoie à la phrase suivante (« l'indigence la plus harmonieuse ») et au paragraphe suivant, négativement : « Plus d'ensemble, plus d'unité, plus de beauté. » C'est une idée ancienne chez Diderot : « Un tout est beau lorsqu'il est un », écrivait-il à Sophie le 10 août 1759. 7. *Guenilles* se dit au XVIII° siècle de tous les meubles peu considérables et de vil prix.   8. Tapisserie grossière faite d'un tissu de laine, de fil ou de coton, sans figures. Le mot désigne à la fois, comme ici, le tissu et, comme plus loin, la tapisserie qui en est faite.

formaient avec ma vieille robe de chambre l'indigence la plus harmonieuse.

Tout est désaccordé. Plus d'ensemble, plus d'unité, plus de beauté.

Une nouvelle gouvernante stérile[1] qui succède[2] dans un presbytère ; la jeune épouse qui entre dans la maison d'un veuf ; le ministre qui remplace un ministre disgracié ; le prélat moliniste[3] qui s'empare du diocèse d'un prélat janséniste causent moins de troubles que l'écarlate intruse n'en a causés chez moi.

Je puis supporter sans dégoût la vue d'une paysanne. Ce morceau de toile grossière qui couvre sa tête ; cette chevelure qui tombe éparse sur ses joues ; ces haillons troués qui la vêtissent[4] à demi ; ce mauvais cotillon qui ne descend qu'à la moitié de ses jambes ; ces pieds nus et couverts de fange ne peuvent me blesser. C'est l'image d'un état[5] que je respecte. C'est l'ensemble des disgrâces[6] d'une condition nécessaire et malheureuse que je plains. Mais mon cœur se soulève ; et, malgré l'atmosphère parfumée qui la suit, j'éloigne mes pas, je détourne mes regards de cette courtisane dont la coiffure à points d'Angleterre[7] et les manchettes

---

1. Si la stérilité, considérée comme une calamité par la Bible, trouble la sérénité d'un presbytère, alors que le prêtre qui l'habite a fait vœu de chasteté, une plaisante tonalité anticléricale s'impose.   2. *Succéder*, employé absolument, est courant à l'époque classique ; il signifie « remplacer dans un emploi ».   3. *Moliniste*, terme équivalant à « jésuite » (du nom de l'un d'entre eux, Molina), s'oppose à *janséniste* au XVIIIᵉ siècle comme au siècle précédent. Rappelons que l'ultramontaine Compagnie de Jésus, qui avait suscité par son efficacité impressionnante mais parfois moralement discutable haine et crainte de la part d'autres ordres religieux ainsi que dans la plupart des cours d'Europe, a été supprimée par les États européens à partir de 1759 – en France en 1764 – et par le pape même, contre son gré, en 1773, alors que le courant janséniste, de tendance rigoriste, condamné par Rome et par la monarchie depuis le début du siècle, reste influent, subversif, populaire-populiste et en partie souterrain jusqu'à la Révolution.   4. On attendrait *vêtent*, mais cette forme se trouve assez couramment depuis Rabelais.   5. Ce terme aux sens multiples se dit en particulier des différents degrés ou conditions des personnes distinguées par leurs charges, offices, professions ou emplois. 6. « Malheurs, accidents » : ici, tous les traits négatifs relatifs à la « paysanne ». Leur *ensemble*, s'il est homogène, peut être dit harmonieux. De ce fait la *nécessité* caractérisant la condition de la paysanne peut s'entendre en termes économico-politiques (misérable, elle est à plaindre), ou esthétiques (*une*, on peut la juger belle, et l'admirer).   7. Une coiffure de

déchirées, les bas blancs et la chaussure usée me montrent
la misère du jour associée à l'opulence de la veille.

Tel[1] eût été mon domicile, si l'impérieuse écarlate n'eût
tout mis à son unisson.

J'ai vu[2] la bergame céder la muraille à laquelle elle était
depuis si longtemps attachée, à la tenture de damas[3].

Deux estampes qui n'étaient pas sans mérite, La Chute
de la manne dans le désert, du Poussin ; et l'Esther, devant
Assuérus, du même ; l'une honteusement chassée par un
Vieillard de Rubens : c'est la triste Esther ; La Chute de la
manne dissipée par une Tempête de Vernet[4].

La chaise de paille reléguée dans l'antichambre par le
fauteuil de maroquin[5].

Homère, Virgile, Horace, Cicéron soulager le faible sapin
courbé sous leur poids et se renfermer dans une armoire
marquetée[6], asile plus digne d'eux que de moi.

Une grande glace s'emparer du manteau de ma cheminée.

Ces deux jolis plâtres que je tenais de l'amitié de Falconet[7] et qu'il avait réparés lui-même, déménagés par une

---

fine dentelle : marque d'opulence passée, au même titre que les bas blancs.
1. Le double exemple de la paysanne et de la courtisane est une sorte
de parenthèse qui explique le « désaccord » et les « troubles » causés dans
le « domicile » du philosophe par l'intrusion de la nouvelle robe de
chambre. *Tel* renvoie à ce trouble disharmonieux.   **2.** Les paragraphes
qui suivent font la liste des changements « évidents » imposés par l'« impérieuse » robe de chambre écarlate qui, selon Diderot, ont mis « à l'unisson »
de la nouvelle venue l'essentiel de l'ameublement de son cabinet de travail.
3. Le *damas* est une étoffe de soie représentant en relief des fleurs ou
autres figures, qui se fabriquait originairement à Damas. Plus vaste (c'est
une *tenture*) et plus riche que la bergame, dont le nom vient de la ville de
Bergame.   **4.** Diderot admirait Nicolas Poussin (1594-1665). Cela ne
signifie nullement qu'il ne goûtait pas les « nouveaux venus » dans son
cabinet. Au contraire, il apprécie de plus en plus, face au dessin « italien »
et à l'harmonie profondément pensée des œuvres de Poussin, la couleur et
la fougue flamandes de Pierre Paul Rubens (1577-1640). Quant à Joseph
Vernet (1714-1789), spécialisé dans les paysages et les marines, l'auteur
des *Salons* lui voue une prédilection toute particulière.   **5.** Cuir de
chèvre ou de mouton d'abord préparé au Maroc.   **6.** Outre qu'il s'agit
d'une armoire fermée, un meuble marqueté est bien plus richement ouvragé
qu'une planche de bois blanc.   **7.** Le sculpteur Étienne Falconet
(1716-1791) était lié avec Diderot, qui admirait notamment son groupe
Galatée et Pygmalion. Envoyé par Diderot à Saint-Pétersbourg auprès de
Catherine II pour y exécuter la statue équestre de Pierre le Grand, Falconet
entretint avec le Philosophe au cours des années 1765-1767 une correspondance publiée par la suite sur la question de la postérité.

Vénus accroupie. L'argile moderne brisée par le bronze antique.

La table de bois disputait encore le terrain, à l'abri d'une foule de brochures et de papiers entassés pêle-mêle et qui semblaient devoir la dérober longtemps à l'injure[1] qui la menaçait. Un jour elle subit son sort ; et, en dépit de ma paresse, les brochures et les papiers allèrent se ranger dans les serres d'un bureau précieux.

Instinct funeste des convenances ! Tact délicat et ruineux ! Goût ! Goût sublime qui changes, qui déplaces, qui édifies, qui renverses, qui vides les coffres des pères, qui laisses les filles sans dot, les fils sans éducation, qui fais tant de belles choses et de si grands maux ; toi qui substituas chez moi le fatal et précieux bureau à la table de bois, c'est toi qui perds les nations ; c'est toi qui peut-être un jour conduiras mes effets[2] sur le pont Saint Michel[3] où l'on entendra la voix enrouée d'un crieur dire : À vingt louis une Vénus accroupie.

L'intervalle qui restait entre la tablette de ce bureau et la Tempête de Vernet, faisait un vide désagréable à l'œil ; ce vide fut rempli par une pendule ; et quelle pendule encore ? Une pendule à la Geoffrin[4] ! Une pendule où l'or contraste avec le bronze.

Il y avait un angle vacant à côté de ma fenêtre. Cet angle demandait un secrétaire qu'il obtint.

Autre vide déplaisant entre la tablette du secrétaire et la belle Tête de Rubens, et rempli par deux La Grenée[5].

Ici c'est une Madeleine du même artiste ; là, c'est une esquisse de Vien ou de Machy[6] ; car je donnai aussi dans

---

1. Se dit en particulier des dommages dus au temps ou à la fortune.
2. *Effets*, au pluriel, désigne les objets mobiliers, notamment les biens des personnes.   3. Grimm signale ici en note pour ses abonnés de la *Correspondance littéraire* (voir la note 4, p. 14) qui connaîtraient mal Paris : « Lieu où l'on vend les meubles saisis pour dettes ».   4. C'est la seule allusion (ambiguë) du texte à Marie-Thérèse Geoffrin (1699-1777), l'une des « reines » des salons littéraires et artistiques de Paris, autoritaire et très riche bourgeoise qui est à l'origine des transformations « somptuaires » évoquées par le Philosophe.   5. Diderot signale dans le *Salon de 1767* que deux « petits » tableaux de Louis La Grenée (1725-1805), *La Poésie* et *La Philosophie*, lui appartiennent. Ils ont disparu aujourd'hui, mais la *Madeleine* existe encore.   6. Joseph-Marie Vien (1716-1809) et Pierre-Antoine de Machy (1722-1807) sont également des peintres contemporains dont Diderot évoque et critique les œuvres dans ses *Salons*.

les esquisses[1] ; et ce fut ainsi que le réduit édifiant du Philosophe se transforma dans le cabinet scandaleux du
publicain[2]. J'insulte aussi à la misère nationale[3].

De ma médiocrité première, il n'est resté qu'un tapis de
lisières[4]. Ce tapis mesquin ne cadre guère avec mon luxe,
je le sens. Mais j'ai juré, et je jure, car les pieds de Denis
le philosophe[5] ne fouleront jamais un chef-d'œuvre de la
Savonnerie[6]. Je réserverai[7] ce tapis, comme le paysan trans-
féré de sa chaumière dans le palais de son souverain réserva
ses sabots.

Le matin, lorsque couvert de la somptueuse écarlate,
j'entre dans mon cabinet, si je baisse la vue, j'aperçois mon
ancien tapis de lisières ; il me rappelle mon premier état, et
l'orgueil s'arrête à l'entrée de mon cœur. Non, mon ami,
non, je ne suis point corrompu. Ma porte s'ouvre toujours
au besoin qui s'adresse à moi ; il me trouve la même sensibilité ; je l'écoute, je le conseille ; je le secours ; je le plains.
Mon âme ne s'est point endurcie. Ma tête ne s'est point
relevée. Mon dos est rond et bon, comme ci-devant[8]. C'est

---

1. Diderot fréquente alors les ateliers des artistes. Non seulement il
observe les différentes étapes de leur travail, en parle avec eux, mais il
goûte les esquisses en elles-mêmes, comme il s'en explique en 1765 dans
les *Essais sur la peinture*.   2. Chez les Romains, c'est un fermier
(percepteur sous contrat) des impôts et des revenus publics, qui était également détesté chez les Juifs. Par dénigrement il signifie « traitant, financier,
homme d'affaires ». L'expression, usuelle au XVIIIᵉ siècle, est ici ironique,
forcée.   3. *Insulter à*, expression classique, signifie : « braver avec
affectation ou impudence », ou plus précisément : « affliger quelqu'un qui
est déjà affligé, lui reprocher sa misère, et s'en réjouir ». C'est une grande
cruauté, dit-on alors, d'insulter aux misérables, d'augmenter leurs maux,
au lieu de les soulager.   4. Lors de la fabrication d'une étoffe, les
bords en largeur ou *lisières* sont tissés plus serrés. On utilise ces lisières
pour faire des chaussons, ou encore des tapis, grossiers mais résistants.
5. Diderot, qui se nomme parfois lui-même plaisamment par son prénom,
était surnommé par ses amis « le Philosophe » ; Voltaire, toujours fertile en
pseudonymes et jeux de mots, l'appelait « Socrate », « frère Platon », ou
encore « Tonpla ».   6. La *Savonnerie*, à Paris, est une manufacture
royale, célèbre par ses ouvrages de tapisserie veloutés, notamment les tapis
à la manière de la Turquie et de la Perse.   7. Garder quelque chose
que l'on a en sa possession, ne pas s'en dessaisir.   8. Comprenons que
le philosophe touché par le « luxe » n'est pas devenu pour autant raide et
hautain, insensible aux malheurs de ses contemporains. Il est resté le même
homme, pitoyable et humain (son *dos est rond et bon*) comme *ci-devant*,
autrement dit « comme avant ».

le même ton de franchise. C'est la même affabilité. Mon luxe est de fraîche date et le poison n'a point encore agi. Mais qui sait ce que le temps peut amener ? Qu'attendre de celui qui a oublié sa femme et sa fille, qui s'est endetté, qui a cessé d'être époux et père, et qui, au lieu de déposer au fond d'un coffre fidèle une somme utile... Ah, saint Prophète[1], levez vos mains au ciel ; priez pour un ami en péril, dites à Dieu : Si tu vois dans tes décrets éternels que la richesse corrompe le cœur de Denis, n'épargne pas les chefs-d'œuvre qu'il idolâtre[2] ; détruis-les, et ramène-le à sa première pauvreté ; et moi, je dirai au ciel de mon côté : Ô Dieu, je me résigne à la prière du saint Prophète et à ta volonté ; je t'abandonne tout ; reprends tout ; oui, tout excepté le Vernet ; ah laisse-moi le Vernet. Ce n'est pas l'artiste, c'est toi qui l'as fait[3]. Respecte l'ouvrage de l'amitié et le tien. Vois[4] ce phare ; vois cette tour adjacente qui s'élève à droite ; vois ce vieil arbre que les vents ont déchiré. Que cette masse est belle ! Au-dessous de cette masse obscure, vois ces rochers couverts de verdure. C'est ainsi que ta main puissante les a fondés ; c'est ainsi que ta main bienfaisante les a tapissés. Vois cette terrasse inégale qui s'étend du pied de ces rochers vers la mer ; c'est l'image des dégradations que tu as permis au temps d'exercer sur les choses du monde les plus durables. Ton soleil l'aurait-il autrement éclairée ?

---

1. Ce pseudonyme désigne Grimm (voir la note 4, p. 14), qui s'était illustré en 1753 dans la querelle dite des « Bouffons », à propos des mérites comparés de l'opéra français et de l'opéra italien, qu'il préfère, avec tout le parti philosophique, en composant un opuscule satirique, *Le Petit Prophète de Boehmischbroda*.   2. L'*idolâtrie*, culte des idoles (comme le Veau d'or), à laquelle s'est adonné régulièrement le peuple juif, a été dénoncée par les prophètes de l'Ancien Testament.   3. À partir de ces lignes, la prière adressée à l'ami Grimm, le « prophète », dans le juste combat contre le « luxe » délétère, se transforme en invocation à Dieu, prié d'épargner l'œuvre de Vernet. Là s'ouvre la dernière partie des *Regrets*. Son ton parodique et plaisant ne doit pas cacher par ailleurs le sérieux de la thématique de l'art entendu comme représentation ou recréation du monde. La *Promenade Vernet* est à cet égard particulièrement éclairante. 4. La répétition insistante du verbe *voir* invite à une manière de révélation, selon les principes de l'*ekphrasis* (description détaillée qui place les objets sous les yeux) : véritable illumination (« Ton soleil l'aurait-il autrement éclairée ? »), mise en présence immédiate, par l'art du verbe, de l'art-nature sous le regard de Dieu, auquel sont identifiés l'artiste démiurge mais aussi le lecteur.

Dieu, si tu anéantis cet ouvrage de l'art, on dira que tu es un dieu jaloux[1]. Prends en pitié les malheureux épars sur cette rive. Ne te suffit-il pas de leur avoir montré le fond des abîmes ? ne les as-tu sauvés que pour les perdre ? Écoute la prière de celui-ci qui te remercie. Aide les efforts de celui-là qui rassemble les tristes restes de sa fortune. Ferme ton oreille aux imprécations de ce furieux. Hélas, il se promettait des retours si avantageux ! Il avait médité le repos et la retraite ; il en était à son dernier voyage. Cent fois dans la route, il avait calculé par ses doigts, le fond de sa richesse ; il en avait arrangé l'emploi ; et voilà toutes ses espérances trompées ; à peine lui reste-t-il de quoi couvrir ses membres nus. Sois touché de la tendresse de ces deux époux. Vois la terreur que tu as inspirée à cette femme. Elle te rend grâce du mal que tu ne lui as pas fait. Cependant son enfant trop jeune pour sentir à quel péril tu l'avais exposé, lui, son père et sa mère, s'occupe du compagnon fidèle de son voyage. Il rattache le collier de son chien. Fais grâce à l'innocent. Vois cette mère fraîchement échappée des eaux avec son époux. Ce n'est pas pour elle qu'elle a tremblé. C'est pour son enfant. Vois comme elle le serre contre son sein ! Vois comme elle le baise ! Ô Dieu, reconnais les eaux que tu as créées. Reconnais-les et lorsque ton souffle les agite, et lorsque ta main les apaise. Reconnais les sombres nuages que tu avais rassemblés et qu'il t'a plu de dissiper. Déjà[2], ils se séparent, ils s'éloignent ; déjà la lueur de l'astre du jour renaît sur la face des eaux. Je présage le calme à cet horizon rougeâtre. Qu'il est loin cet horizon ! Il ne confine point avec le ciel ; le ciel descend au-dessous et semble tourner autour du globe. Achève d'éclaircir ce ciel. Achève de rendre à la mer sa tranquillité. Permets à ces matelots de remettre à flot leur navire échoué. Seconde leur travail. Donne-leur des forces, et laisse-moi mon tableau. Laisse-

---

1. On sait que le Dieu de l'Ancien Testament est un « dieu jaloux ». Chez son peuple, il ne saurait souffrir le culte des idoles, et il punit sévèrement ceux qui s'écartent de sa Loi. Mais il n'est pas inaccessible à la pitié.   2. Diderot n'est pas sensible seulement à l'espace largement figuré par le tableau de Vernet, mais aussi au temps : il situe les scènes touchantes évoquées sur le rivage dans un futur très proche qui élargit subtilement le présent, alors que se réinstalle un calme parfait. Voir les notes 1 et 1, p. 82 et 83.

le-moi comme la verge dont tu châtieras l'homme vain[1].
Déjà ce n'est plus moi qu'on visite, qu'on vient entendre ;
c'est Vernet qu'on vient admirer chez moi. Le peintre a
humilié le philosophe.

Ô mon ami, le beau Vernet que je possède[2] ! Le sujet est
la fin d'une tempête sans catastrophe fâcheuse. Les flots
sont encore agités ; le ciel couvert de nuages ; les matelots
s'occupent sur leur navire échoué ; les habitants accourent
des montagnes voisines. Que cet artiste a d'esprit ! Un petit
nombre de figures lui a suffi pour rendre toutes les circonstances de l'instant qu'il a choisi. Comme toute cette scène
est vraie ! Comme tout est peint avec légèreté, facilité et
vigueur ! Je veux garder ce témoignage de son amitié ; je
veux que mon gendre le transmette à ses enfants, ses enfants
aux leurs, et ceux-ci aux enfants qui naîtront d'eux. Si vous
voyiez le bel ensemble de ce morceau ; comme tout en est
harmonieux ; comme les effets s'y enchaînent ; comme tout
se fait valoir sans effort et sans apprêt ; comme ces montagnes de la droite sont vaporeuses ; comme ces rochers et
les édifices surimposés sont beaux ; comme cet arbre est
pittoresque ; comme cette terrasse est éclairée ; comme la
lumière s'y dégrade ; comme ces figures sont disposées,
vraies, agissantes, naturelles, vivantes ; comme elles intéres-
sent[3] ; la force dont elles sont peintes ; la pureté dont elles
sont dessinées ; comme elles se détachent du fond ; l'énorme
étendue de cet espace ; la vérité de ces eaux ; ces nuées, ce
ciel, cet horizon ; ici le fond est privé de lumière et le devant
éclairé ; c'est l'opposé du technique[4] commun. Venez voir
mon Vernet ; mais ne me l'ôtez pas.

---

1. La *verge*, ou fouet, instrument du châtiment dans la Bible, se dit au
figuré, surtout au pluriel, des châtiments venus d'en haut. L'« homme vain »
(vide), ici Diderot, se glorifie de son bien. Que Dieu utilise le tableau, plus
recherché que lui par ses hôtes, pour le châtier. Quelle punition ! L'ironie
du passage, à multiples facettes, ne cesse pas.   2. Dans une lettre à
Falconet, confirmée par Grimm, Diderot écrit avoir soufflé le sujet de ce
« beau Vernet » à l'artiste. Il l'évoque à nouveau dans le *Salon de 1769*,
avec moins d'enthousiasme.   3. Mot fort à l'âge classique. Un bon
orateur, dit-on, doit *intéresser* les juges, « les émouvoir à la colère, à la
compassion ».   4. Dans ses *Salons* et ses ouvrages sur l'esthétique
picturale, Diderot utilise ce terme au masculin pour désigner la partie
matérielle de l'art, à laquelle il accorde une attention constante. Voir la
note 7, p. 86.

Avec le temps les dettes s'acquitteront ; le remords s'apaisera ; et j'aurai une jouissance pure. Ne craignez pas que la fureur d'entasser de belles choses me prenne. Les amis que j'avais, je les ai et le nombre n'en est point augmenté. J'ai Laïs, mais Laïs ne m'a pas[1]. Heureux entre ses bras, je suis prêt à la céder à celui que j'aimerai et qu'elle rendrait plus heureux. Et pour vous dire mon secret à l'oreille, cette Laïs qui se vend si cher aux autres, ne m'a rien coûté[2].

---

1. *Laïs* est l'un des noms génériques de la courtisane antique. Diderot l'associe habituellement à ceux des philosophes *Diogène* et *Aristippe* (voir la note 3, p. 14). Selon l'article CYRÉNAÏQUE de l'*Encyclopédie*, rédigé par Diderot, Aristippe « disait qu'il pouvait posséder Laïs sans cesser d'être philosophe, pourvu que Laïs ne le possédât pas » ; mais on le mortifiait en lui disant que « la courtisane se vendait à lui et se donnait à Diogène ». L'avantage, ici et là, va donc au Cynique, libre et apprécié comme tel, auquel Diderot s'identifie à la fois sérieusement et plaisamment.
2. Cette *Tempête*, due à « l'amitié de Vernet », a coûté 600 livres à Diderot, c'est-à-dire un tiers ou un quart de sa valeur marchande, car le Philosophe a voulu payer les frais de la couleur. Cela équivaut à un don entre égaux. De même, Diderot montre volontiers son tableau à ses visiteurs, mais ne souhaite pas s'en défaire. Cette dernière affirmation lui donne aussi l'occasion de préciser qu'il ne doit pas son nouvel ameublement (ou du moins sa totalité ?) à la tyrannique « passion meublante » de Mme Geoffrin, dont Diderot ne goûte guère les manières. Il a gardé et son autonomie et sa générosité, tel est le message. Cette ultime remarque lui permet de terminer en boucle par une chute spirituelle au féminin, comme le remarque justement J. Varloot, en filant la série *robe*, *servante*, *paysanne*, *courtisane*, sous les auspices de l'amour, ce sentiment philosophique autant physique que moral, autant social que personnel, aussi éloigné d'une vaine austérité bigote que des ravages d'un luxe tapageur.

Promenade Vernet[1]

J'avais écrit le nom de cet artiste au haut de ma page et j'allais vous entretenir de ses ouvrages, lorsque je suis parti pour une campagne voisine de la mer[2] et renommée pour la beauté de ses sites[3]. Là, tandis que les uns perdaient autour d'un tapis vert les plus belles heures du jour, les plus belles journées, leur argent et leur gaieté ; que d'autres, le fusil sur l'épaule, s'excédaient de fatigue à suivre leurs chiens à travers champs ; que quelques-uns allaient s'égarer dans les détours d'un parc, dont heureusement pour les jeunes compagnes de leurs erreurs, les arbres sont fort discrets ; que les graves personnages faisaient encore retentir à sept heures du soir la salle à manger, de leurs cris tumultueux sur les nouveaux principes des économistes[4], l'utilité ou l'inutilité de la philosophie, la religion, les mœurs, les acteurs, les actrices, le gouvernement, la préférence des deux musiques[5], les beaux-arts, les lettres et autres questions importantes dont ils cherchaient toujours la solution au fond des bouteilles, et regagnaient, enroués, chancelants le fond de leur appar-

---

1. Le titre qui figure dans le *Salon de 1767* est : *Vernet*. Il regroupe les tableaux de Joseph Vernet répertoriés dans le livret du Salon sous le n° 39. Quant à la dénomination « Promenade (de) Vernet », elle provient de Diderot lui-même dans une lettre à Grimm (voir la note 1, p. 72). 2. Cette « campagne » trouve son origine réelle dans le Grandval, résidence de Paul Henri d'Holbach (1723-1789), chimiste et philosophe, située non loin de Sucy-en-Brie où, au sein d'une compagnie amicale, Diderot a passé à partir de 1759 des séjours parfois longs de plusieurs semaines, riches en conversations, en randonnées et en travail. Dans la *Promenade*, Diderot situe pour les besoins de la cause cette résidence fictive entre mer et montagne. 3. Terme de peinture : « situation ». 4. Les *économistes* sont les physiocrates, dont les théories nouvelles (favorables à la liberté des échanges) sont discutées avec passion, par Diderot le tout premier, d'abord conquis puis réticent. 5. La *querelle des Deux Musiques* se situe dans la continuité de la querelle des Bouffons (voir la note 1, p. 19). Le parti philosophique soutenait la musique italienne, alors que ses adversaires défendaient la musique française.

tement dont ils avaient peine à retrouver la porte, et se
remettaient dans un fauteuil, de la chaleur et du zèle avec
lesquels ils avaient sacrifié leurs poumons, leur estomac et
leur raison pour introduire le plus bel ordre possible dans
toutes les branches de l'administration ; j'allais, accompagné
de l'instituteur des enfants de la maison, de ses deux élèves,
de mon bâton et de mes tablettes[1], visiter les plus beaux
sites du monde. Mon projet est de vous les décrire, et
j'espère que ces tableaux en vaudront bien d'autres. Mon
compagnon de promenades connaissait supérieurement la
topographie du pays, les heures favorables à chaque scène
champêtre, l'endroit qu'il fallait voir le matin, celui qui
recevait son intérêt et ses charmes ou du soleil levant ou du
soleil couchant ; l'asile qui nous prêterait de la fraîcheur et
de l'ombre pendant les heures brûlantes de la journée.
C'était le cicérone[2] de la contrée. Il en faisait les honneurs
aux nouveaux venus ; et personne ne s'entendait mieux à
ménager à son spectateur la surprise du premier coup d'œil.
Nous voilà partis. Nous causons. Nous marchons. J'allais la
tête baissée, selon mon usage ; lorsque je me sens arrêté
brusquement, et présenté au site que voici.

1er site[3]

À ma droite, dans le lointain, une montagne élevait son
sommet vers la nue. Dans cet instant, le hasard y avait arrêté
un voyageur debout et tranquille. Le bas de cette montagne
nous était dérobé par la masse interposée d'un rocher. Le
pied de ce rocher s'étendait en s'abaissant et en se relevant
et séparait en deux la profondeur de la scène. Tout à fait
vers la droite, sur une saillie de ce rocher, j'observai deux
figures que l'art n'aurait pas mieux placées pour l'effet.
C'étaient deux pêcheurs. L'un assis et les jambes pendantes
vers le bas du rocher tenait sa ligne qu'il avait jetée dans
des eaux qui baignaient cet endroit. L'autre, les épaules

---

1. C'est, à l'image des tablettes de cire des Anciens, les feuilles ou le
carnet où l'on inscrit librement des notes et des idées.   2. Guide qui
montre aux étrangers les curiosités d'une ville.   3. Ce *site* correspond
au tableau *La Source abondante*.

chargées de son filet, et courbé vers le premier s'entretenait avec lui. Sur l'espèce de chaussée rocailleuse que le pied du rocher formait en se prolongeant ; dans un lieu où cette chaussée s'inclinait vers le fond, une voiture couverte et conduite par un paysan descendait vers un village situé au-dessous de cette chaussée. C'était encore un incident que l'art aurait suggéré. Mes regards rasant la crête de cette langue de rocaille, rencontraient le sommet des maisons du village, et allaient s'enfoncer et se perdre dans une campagne qui confinait avec le ciel. – Quel est celui de vos artistes, me disait mon cicérone, qui eût imaginé de rompre la continuité de cette chaussée rocailleuse par cette touffe d'arbres ? – Vernet, peut-être. – À la bonne heure. Mais votre Vernet en aurait-il imaginé l'élégance et le charme ? Aurait-il pu rendre l'effet chaud et piquant de cette lumière qui joue entre leurs troncs et leurs branches ? – Pourquoi non ? – Rendre l'espace immense que votre œil découvre au-delà ? – C'est ce qu'il a fait quelquefois. Vous ne connaissez pas cet homme ; jusqu'où les phénomènes de nature lui sont familiers. Je répondais de distraction, car mon attention était arrêtée sur une masse de roches couvertes d'arbustes sauvages que la nature avait placée à l'autre extrémité du tertre rocailleux. Cette masse était pareillement masquée par un rocher antérieur qui, se séparant du premier, formait un canal d'où se précipitaient en torrent des eaux qui venaient sur la fin de leur chute se briser en écumant contre des pierres détachées. – Eh bien, dis-je à mon cicérone, allez-vous-en au Salon[1], et vous verrez qu'une imagination féconde, aidée d'une étude profonde de la nature a inspiré à un de nos artistes[2], précisément ces rochers, cette cascade et ce coin de paysage. – Et peut-être avec ce gros quartier de roche brute, et le pêcheur assis qui relève son filet, et les instruments de son métier épars à terre autour de lui, et sa femme

---

1. Le Salon, organisé par l'Académie royale de peinture et de sculpture, se tenait depuis 1746 tous les deux ans en été dans le Salon carré du Louvre : d'où son nom. Environ 300 œuvres y étaient exposées. La critique d'art qui s'est développée à cette occasion a elle aussi été appelée « Salons ». Le premier *Salon* de Diderot date de 1759, le dernier de 1781. Son *Salon de 1767*, remarquable par sa richesse et sa qualité « philosophique », fut terminé en novembre 1768. **2.** Il s'agit toujours de Vernet, cité quelques lignes plus haut.

debout, et cette femme vue par le dos. – Vous ne savez pas, l'abbé, combien vous êtes un mauvais plaisant[1]. L'espace compris entre les rochers au torrent, la chaussée rocailleuse et les montagnes de la gauche formaient un lac sur les bords duquel nous nous promenions. C'est de là que nous contemplions toute cette scène merveilleuse. Cependant il s'était élevé, vers la partie du ciel qu'on apercevait entre la touffe d'arbres de la partie rocailleuse et les rochers aux deux pêcheurs, un nuage léger que le vent promenait à son gré. – Lors me tournant vers l'abbé ; en bonne foi, lui dis-je, croyez-vous qu'un artiste intelligent eût pu se dispenser de placer ce nuage précisément où il est. Ne voyez-vous pas qu'il établit pour nos yeux un nouveau plan, qu'il annonce un espace en deçà et en delà, qu'il recule le ciel, et qu'il fait avancer les autres objets ? Vernet aurait senti tout cela. Les autres, en obscurcissant leurs ciels[2] de nuages, ne songent qu'à en rompre la monotonie. Vernet veut que les siens aient le mouvement et la magie de celui que nous voyons. – Vous avez beau dire Vernet, Vernet ; je ne quitterai point la nature pour courir après son image. Quelque sublime[3] que soit l'homme ; ce n'est pas Dieu. – D'accord. Mais si vous aviez un peu plus fréquenté l'artiste, il vous aurait peut-être appris à voir dans la nature ce que vous n'y voyez pas. Combien de choses vous y trouveriez à reprendre ? Combien l'art en supprimerait qui gâtent l'ensemble et nuisent à l'effet ; combien il en rapprocherait qui doubleraient notre enchantement. – Quoi, sérieusement vous croyez que Vernet aurait mieux à faire que d'être le copiste[4]

---

1. L'abbé, croyant railler, décrit précisément le tableau de Vernet, présenté ici comme un *site* naturel. Le *mauvais plaisant*, en l'occurrence, est Diderot, qui se plaît à mystifier son lecteur, mais jusqu'à un certain point seulement, en multipliant gaiement les indices.　　2. En peinture, *ciels* désigne la manière propre à tel ou tel artiste de peindre les « cieux ». 3. « Très grand », « admirable », « transcendant ». On retrouvera plus loin cette notion capitale qui provient de l'Antiquité, particulièrement du *Traité du sublime*, attribué à Longin et traduit par Boileau. La notion est renouvelée au XVIIIᵉ siècle, en particulier par Edmund Burke (voir la note 3, p. 30), que suit Diderot.　　4. Selon Diderot, le *copiste* s'efforce de reproduire « rigoureusement », c'est-à-dire de manière purement mimétique, les objets de la nature, par opposition à l'artiste, qui l'« embellit », se réglant sur le « modèle idéal », sorte de « fantôme » archétypal, à la fois objectif et subjectif, reconstitué à partir de l'effort d'idéalisation des Anciens (voir les notes 3, p. 42 et 3 p. 64), ou plutôt en référence à cet effort : non une nature épurée, transmise, mais une nature revisitée, réinventée.

rigoureux de cette scène. – Je le crois. – Dites-moi donc comment il s'y prendrait pour l'embellir ? – Je l'ignore, et si je le savais je serais plus grand poète et plus grand peintre que lui. Mais si Vernet vous eût appris à mieux voir la nature, la nature de son côté vous eût appris à bien voir Vernet. – Mais Vernet ne sera toujours que Vernet, un homme. – Et par cette raison d'autant plus étonnant, et son ouvrage d'autant plus digne d'admiration[1]. C'est sans contredit une grande chose que cet univers. Mais quand je le compare avec l'énergie de sa cause productrice[2], si j'avais à m'émerveiller, c'est que son œuvre ne soit pas plus belle et plus parfaite encore. C'est tout le contraire, lorsque je pense à la faiblesse de l'homme, à ses pauvres moyens, aux embarras et à la courte durée de sa vie, et à certaines choses qu'il a entreprises et exécutées. L'abbé[3], pourrait-on vous faire une question, c'est d'une montagne dont le sommet croit toucher et soutenir le ciel, et d'une pyramide seulement de quelques lieues de base et dont la cime finirait dans les nues, laquelle vous frapperait le plus ? Vous hésitez. C'est la pyramide, mon cher abbé ; et la raison, c'est que rien n'étonne de la part de Dieu, auteur de la montagne ; et que la pyramide est un phénomène incroyable de la part de l'homme.

Toute cette conversation se faisait d'une manière fort interrompue. La beauté du site nous tenait alternativement suspendus d'admiration. Je parlais sans trop m'entendre[4]. J'étais écouté avec la même distraction. D'ailleurs les jeunes disciples de l'abbé, couraient de droite et de gauche, gravissaient sur[5] les roches, et leur instituteur craignait toujours ou qu'ils ne s'égarassent, ou qu'ils ne se précipitassent ou qu'ils n'allassent se noyer dans l'étang. Son avis était de les

---

1. Les apologistes chrétiens de la nature, comme l'abbé Pluche, entendaient « prouver » l'existence du Créateur en s'appuyant sur les merveilles de la création. Diderot, lui, propose d'abord de proportionner notre *admiration* au « mérite » du Créateur, ensuite de la rapporter à la place « réelle » de l'homme dans la nature. Sur la question du finalisme et de l'anthropocentrisme, voir les notes 2, p. 30 et 1, 2, 3, p. 37. 2. La *cause productrice* ici est Dieu, dont l'« énergie », terme capital dans la pensée de Diderot, ne connaît pas de limites. 3. À la différence du curé, l'*abbé* est un prêtre sans bénéfice. Celui-là est précepteur. 4. « Sans comprendre vraiment ce que je disais ». 5. *Gravir* ne s'emploie plus aujourd'hui que directement.

laisser la prochaine fois à la maison ; mais ce n'était pas le mien.

J'inclinais à demeurer[1] dans cet endroit, et à y passer le reste de la journée. Mais l'abbé m'assurant que la contrée était assez riche en pareils sites, pour que nous pussions mettre un peu moins d'économie dans nos plaisirs, je me laissai conduire ailleurs ; mais ce ne fut pas sans retourner la tête de temps en temps.

Les enfants précédaient leur instituteur, et moi je fermais la marche. Nous allions par des sentiers étroits et tortueux, et je m'en plaignais un peu à l'abbé. Mais lui se retournant, s'arrêtant subitement devant moi et me regardant en face, me dit, avec exclamation : – Monsieur, l'ouvrage de l'homme quelquefois plus admirable que l'ouvrage de Dieu ! Monsieur ! – L'abbé, lui répondis-je, avez-vous vu l'Antinoüs, la Vénus Médicis, la Vénus aux belles fesses, et quelques autres antiques[2] ? – Oui. – Avez-vous jamais rencontré dans la nature des figures aussi belles, aussi parfaites que celles-là ? – Non. Je l'avoue. – Vos petits élèves ne vous ont-ils jamais dit un mot qui vous ait causé plus d'admiration et de plaisir que la sentence la plus profonde de Tacite[3] ? – Cela est quelquefois arrivé. – Et pourquoi cela ? – C'est que j'y prends un grand intérêt. C'est qu'ils m'annonçaient par ce mot une grande sensibilité d'âme, une sorte de pénétration, une justesse d'esprit au-dessus de leur âge. – L'abbé, à l'application. Si j'avais là un boisseau de dés, que je renversasse ce boisseau, et qu'ils se tournassent tous sur le même point, ce phénomène vous étonnerait-il beaucoup ? – Beaucoup. – Et si tous ces dés étaient pipés[4], le phénomène vous étonnerait-il encore ? – Non. – L'abbé, à l'application.

---

1. « Mon avis, ma préférence était de rester ». 2. Ces trois œuvres célèbres de la statuaire grecque classique sont considérées comme les exemples les plus parfaits qui nous soient parvenus de l'art antique, qui, pour Diderot, n'a jamais été égalé : ils sont selon lui, comme Raphaël dans l'ordre de la peinture, de constants modèles. 3. Tacite (v. 55-v. 120), grand historien romain, est réputé pour ses formules acérées, lapidaires, d'une extrême pertinence. 4. Rappelons que, selon les épicuriens, le hasard auquel préside la combinaison des atomes dans le vide suffit à expliquer la formation du monde, ce que contestent leurs contradicteurs idéalistes, pour lesquels un dieu créateur est nécessaire. Les quelques athées matérialistes, dont Diderot, qui travaillent discrètement autour du baron d'Holbach (voir la note 2, p. 23) à produire et répandre une littérature

Ce monde n'est qu'un amas de molécules[1] pipées en une infinité de manières diverses. Il y a une loi de nécessité qui s'exécute sans dessein, sans effort, sans intelligence, sans progrès, sans résistance dans toutes les œuvres de nature. Si l'on inventait une machine qui produisît des tableaux tels que ceux de Raphaël[2], ces tableaux continueraient-ils d'être beaux. – Non. – Et la machine ? – Lorsqu'elle serait commune, elle ne serait pas plus belle que les tableaux. – Mais d'après vos principes, Raphaël n'est-il pas lui-même cette machine à tableaux ? – Il est vrai. – Mais la machine Raphaël n'a jamais été commune. Mais les ouvrages de cette machine ne sont pas aussi communs que les feuilles de chêne. Mais par une pente naturelle et presque invincible nous supposons à cette machine une volonté, une intelligence, un dessein, une liberté. Supposez Raphaël éternel, immobile devant sa toile, peignant nécessairement et sans cesse. Multipliez de toutes parts ces machines imitatrices[3]. Faites naître les tableaux dans la nature, comme les plantes, les arbres et les fruits qui leur serviraient de modèles, et dites-moi ce que deviendrait votre admiration. Ce bel ordre

---

antireligieuse, développent contre eux une argumentation matérialiste appuyée d'une part sur le *nombre des jets* (infini), d'autre part sur l'idée de *dés pipés* (trafiqués, de plus en plus prédéterminés) : « Les molécules de la nature [voir note suivante] peuvent être comparées à des dés pipés, c'est-à-dire qui produisent toujours des effets déterminés ; ces molécules étant essentiellement variées par elles-mêmes et par leurs combinaisons, elles sont *pipées*, pour ainsi dire, d'une infinité de combinaisons différentes. La tête d'Homère ou la tête de Virgile n'ont été que des assemblages de molécules ou, si l'on veut, de *dés pipés* par la nature, c'est-à-dire des êtres combinés et élaborés de manière à produire l'*Iliade* ou l'*Énéide* » (d'Holbach, *Système de la nature*, 1776).

1. « Petite masse ou petite partie des corps » selon l'*Encyclopédie*, *molécule* signifie au XVIIIᵉ siècle, sans autre précision, une particule élémentaire constitutive de la matière, vivante ou inanimée.   2. Raphaël (1483-1520) est ici choisi comme l'exemple du peintre par excellence, maître classique créateur de beauté. Pour Diderot, les maîtres italiens de la Renaissance relaient les peintres antiques (n'oublions pas que la peinture antique a presque complètement disparu).   3. L'*imitation* de ces *machines* n'est pas une reproduction pure et simple (voir la note 4, p. 26), mais l'activité même du peintre au sens aristotélicien de l'art comme représentation transformatrice de la nature (*mimèsis*) obéissant aux règles du vraisemblable et du nécessaire. Dans l'hypothèse du Philosophe, leur multiplication seule, leur fréquence, non une production « mécanique », rendraient les toiles de Raphaël aussi banales que les objets de la nature.

qui vous enchante dans l'univers ne peut être autre qu'il est.
Vous n'en connaissez qu'un et c'est celui que vous habitez.
Vous le trouvez alternativement beau ou laid, selon que vous
coexistez[1] avec lui d'une manière agréable ou pénible. Il
serait tout autre qu'il serait également beau ou laid pour
ceux qui coexisteraient d'une manière agréable ou pénible
avec lui. Un habitant de Saturne transporté sur la terre sentirait ses poumons déchirés et périrait en maudissant la
nature. Un habitant de la terre transporté dans Saturne se
sentirait étouffé, suffoqué, et périrait en maudissant la
nature. J'en étais là lorsqu'un vent d'ouest balayant la campagne nous enveloppa d'un épais tourbillon de poussière[2].
L'abbé en demeura quelque temps aveuglé. Tandis qu'il se
frottait les paupières, j'ajoutais : Ce tourbillon qui ne vous
semble qu'un chaos de molécules dispersées au hasard ; eh
bien, cher abbé, ce tourbillon est tout aussi parfaitement
ordonné que le monde ; et j'allais lui en donner des preuves
qu'il n'était pas trop en état de goûter, lorsque à l'aspect
d'un nouveau site, non moins admirable que le premier, ma
voix coupée, mes idées confondues, je restai stupéfait et
muet[3].

---

1. Terme théologique (« Les personnes de la Très-Sainte Trinité *coexis-
tent* de toute éternité », dit le dictionnaire jésuite de *Trévoux*) dont Diderot,
l'un des premiers, use en philosophie.   2. Dans le *Système de la nature*
de d'Holbach, cette image, comme celle des dés pipés, est précisément
explicitée : « Dans un tourbillon de poussière qu'élève un vent impétueux,
quelque confus qu'il paraisse à nos yeux, dans la plus affreuse tempête
excitée par les vents opposés qui soulèvent les flots, il n'y a pas une seule
molécule de poussière ou d'eau qui soit placée au *hasard*, qui n'ait sa cause
suffisante pour occuper le lieu où elle se trouve, et qui n'agisse rigoureusement de la manière dont elle doit agir ». À côté de la plaisanterie
« philosophique », qui fait du partisan de la religion un malheureux aveuglé
et suffoqué, cette pensée de la nécessité ou du « fatalisme » (avant l'introduction du terme « déterminisme » à la fin du siècle) est l'une des idées
majeures de Diderot : l'ordre de la nature, rigoureux bien que difficile à
connaître, n'est pas fait « pour » l'homme.   3. Telle est, avec celle de
l'effroi, la nouvelle tonalité du sentiment du sublime chez Burke, l'auteur
de la *Recherche philosophique sur l'origine de nos idées du sublime et du
beau* (1757). Diderot, qui avait pu la lire dès sa parution en anglais, en
reprend librement les termes tout au long de la *Promenade* : « La passion
causée par le beau et le sublime dans la nature, quand ces causes agissent
avec la plus grande puissance, est l'étonnement stupéfait (*astonishment*). »

2ᵉ site[1]

C'étaient à droite des montagnes couvertes d'arbres et d'arbustes sauvages. Dans l'ombre, comme disent les voyageurs, dans la demi-teinte, comme disent les artistes. Au pied de ces montagnes, un passant que nous ne voyions que par le dos, son bâton sur l'épaule, son sac suspendu à son bâton, se hâtait vers la route même qui nous avait conduits. Il fallait qu'il fût bien pressé d'arriver, car la beauté du lieu ne l'arrêtait pas. On avait pratiqué sur la rampe de ces montagnes, une espèce de chemin assez large. Nous ordonnâmes à nos enfants de s'asseoir et de nous attendre ; et pour nous assurer qu'ils n'abuseraient point de notre absence, le plus jeune eut pour tâche deux fables de Phèdre[2] à apprendre par cœur, et l'aîné, l'explication du premier livre des Géorgiques[3] à préparer. Ensuite nous nous mîmes à grimper par ce chemin difficile[4]. Vers le sommet nous aperçûmes un paysan avec une voiture couverte ; cette voiture était attelée de bœufs. Il descendait, et ses animaux se piétaient[5], de crainte que la voiture ne s'accélérât sur eux. Nous les laissâmes derrière nous, pour nous enfoncer dans un lointain, fort au-delà des montagnes que nous avions grimpées et qui nous le dérobaient. Après une marche assez longue, nous nous trouvâmes sur une espèce de pont, une de ces fabriques de bois, hardies et telles que le génie, l'intrépidité et le besoin des hommes en ont exécuté dans quelques pays montagneux[6]. Arrêté là, je promenai mes regards autour de moi

---

Cette expérience émotionnelle, qui « précède le raisonnement et nous bouleverse avec une force irrésistible [...] est l'effet du sublime au plus haut degré ».
1. Cette toile de Vernet n'a pas été identifiée. **2.** Fabuliste latin (v. 15 av. J.-C.-v. 50 apr. J.-C.), Phèdre s'inspira d'Ésope. **3.** Ce poème didactique de Virgile (Iᵉʳ siècle av. J.-C.), d'inspiration cosmique et religieuse, exalte le spectacle de la nature et le travail des hommes. **4.** Le philosophe et l'abbé ne se contentent plus ici d'admirer un paysage rencontré, ils *pénètrent* dans le « site » et s'y *meuvent*. **5.** Se raidir sur ses pieds, ici pour résister à l'entraînement de la pente. **6.** Diderot, critique admiratif de Vernet, peintre de paysages marqués par l'activité humaine, n'oublie pas qu'il achève alors, par les derniers volumes de planches, l'édition de l'*Encyclopédie*, grand dictionnaire de mots et de choses dont l'un des traits principaux est son intérêt pour le travail des hommes, leurs outils et leurs techniques.

et j'éprouvai un plaisir accompagné de frémissement. Comme mon conducteur aurait joui de la violence de mon étonnement, sans la douleur d'un de ses yeux qui était resté rouge et larmoyant ! Cependant il me dit d'un ton ironique : – Et Loutherbourg, et Vernet, et Claude Lorains[1] ? Devant moi, comme du sommet d'un précipice, j'apercevais les deux côtés, le milieu, toute la scène imposante que je n'avais qu'entrevue du bas des montagnes. J'avais à dos une campagne immense qui ne m'avait été annoncée que par l'habitude d'apprécier les distances entre des objets interposés. Ces arches que j'avais en face, il n'y a qu'un moment, je les avais sous mes pieds. Sous ces arches descendait à grand bruit un large torrent. Ses eaux interrompues, accélérées se hâtaient vers la plage du site la plus profonde. Je ne pouvais m'arracher à ce spectacle mêlé de plaisir et d'effroi[2]. Cependant je traverse cette longue fabrique, et me voilà sur la cime d'une chaîne de montagnes parallèles aux premières. Si j'ai le courage de descendre celles-là, elles me conduiront au côté gauche de la scène dont j'aurai fait tout le tour. Il est vrai que j'ai peu d'espace à traverser pour éviter l'ardeur du soleil et voyager dans l'ombre ; car la lumière vient d'au-delà de la chaîne de montagnes dont j'occupe le sommet et qui forment avec celles que j'ai quittées un amphithéâtre en entonnoir dont le bord le plus éloigné, rompu, brisé, est remplacé par la fabrique de bois qui unit les cimes des deux chaînes de montagnes. Je vais. Je descends ; et après une route longue et pénible à travers des ronces, des épines, des plantes et des arbustes touffus, me voilà au côté gauche de la scène. Je m'avance le long de la rive du lac formé par les eaux du torrent, jusqu'au milieu de la distance qui sépare les deux chaînes, je regarde, je vois le pont de bois à une hauteur et dans un éloignement prodigieux. Je vois depuis ce pont, les eaux du torrent arrêtées dans leur cours par des espaces de terrasses naturelles ; je les vois tomber en autant

---

1. Peintres de paysages. Claude Gellée, dit le Lorrain (1600-1682), s'illustra en particulier par des marines et des soleils couchants ; Jacques-Philippe Loutherbourg (1740-1812), fréquemment distingué par Diderot dans ses *Salons*, peignit des « paysages avec figures et animaux », mais aussi des marines et des tempêtes.   2. « Un plaisir accompagné de frémissement » et un « spectacle mêlé de plaisir et d'effroi » renvoient aux remarques de Burke (voir la note 3, p. 30).

de nappes qu'il y a de terrasses et former une merveilleuse cascade. Je les vois arriver à mes pieds, s'étendre et remplir un vaste bassin. Un bruit éclatant me fait regarder à ma gauche[1]. C'est celui d'une chute d'eaux qui s'échappent d'entre des plantes et des arbustes qui couvrent le haut d'une roche voisine et qui se mêlent en tombant aux eaux stagnantes du torrent. Toutes ces masses de roches hérissées de plantes vers leurs sommets, sont tapissées à leur penchant de la mousse la plus verte et la plus douce. Plus près de moi, presque au pied des montagnes de la gauche s'ouvre une large caverne obscure. Mon imagination échauffée[2] place à l'entrée de cette caverne une jeune fille qui en sort avec un jeune homme. Le jeune homme tient un des bras de la jeune fille sous le sien. Elle, a la tête détournée du jeune homme ; elle a couvert ses yeux de sa main libre, comme si elle craignait de revoir la lumière et de rencontrer les regards du jeune homme. Mais si ces personnages n'y étaient pas, il y avait proche de moi, sur la rive du grand bassin une femme qui se reposait avec son chien à côté d'elle. En suivant la même rive, à gauche, sur une petite plage plus élevée, un groupe d'hommes et de femmes, tel qu'un peintre intelligent l'aurait imaginé ; plus loin un paysan debout. Je le voyais de face, et il me paraissait indiquer de la main, la route à quelque habitant d'un canton éloigné. J'étais immobile ; mes regards erraient sans s'arrêter sur aucun objet ; mes bras tombaient à mes côtés. J'avais la bouche entrouverte. Mon conducteur respectait mon admiration et mon silence. Il était aussi heureux, aussi vain[3] que s'il eût été le propriétaire ou même le créateur de ces merveilles. Je ne vous dirai point quelle fut la durée de mon enchantement. L'immobilité des êtres, la solitude du lieu, son silence

---

1. Cette fois, ce n'est pas la vue, mais l'*ouïe* qui est alertée ! 2. Au cœur du tableau, spectateur devenu une figure parmi d'autres, mais mobile, Diderot voit, entend, mais aussi, *échauffé, imagine*, redoublant l'effet de la fiction artistique, ou la rencontrant, la précédant : n'est-il pas une manière de démiurge second – voire premier ? 3. Cet adjectif, correspondant au substantif *vanité*, signifie « vide », « de pure apparence », mais aussi « entêté de sa gloire ». « On appelle *vaine gloire* celle qui n'est appuyée sur aucun mérite », dit *Furetière*. Comme le Philosophe, mais dans un registre plus bas, critique et plaisant, l'abbé se sent responsable en second des merveilles de la nature.

profond suspend le temps. Il n'y en a plus. Rien ne le mesure.
L'homme devient comme éternel[1]. Cependant par un tour
de tête bizarre, comme j'en ai quelquefois[2], transformant
tout à coup l'œuvre de nature, en une production de l'art,
je m'écriai : Que cela est beau, grand, varié, noble, sage,
harmonieux, vigoureusement colorié ! Mille beautés éparses
dans l'univers ont été rassemblées sur cette toile, sans confusion, sans effort, et liées par un goût exquis. C'est une vue
romanesque dont on suppose la réalité quelque part[3]. Si l'on
imagine un plan vertical élevé sur la cime de ces deux
chaînes de montagnes et assis sur le milieu de cette fabrique
de bois, on aura au-delà de ce plan, vers le fond, toute la
partie éclairée de la composition ; en deçà, vers le devant,
toute sa partie obscure et de demi-teinte. On y voit les objets,
nets, distincts, bien terminés. Ils ne sont privés que de la
grande lumière. Rien n'est perdu pour moi parce qu'à
mesure que les ombres croissent, les objets sont plus voisins
de ma vue. Et ces nuages interposés, entre le ciel et la
fabrique de bois, quelle profondeur ne donnent-ils pas à la
scène. Il est inouï l'espace qu'on imagine au-delà de ce pont,
l'objet le plus éloigné qu'on voie. Qu'il est doux de goûter
ici la fraîcheur de ces eaux, après avoir éprouvé la chaleur
qui brûle ce lointain. Que ces roches sont majestueuses ! que
ces eaux sont belles et vraies ! comment l'artiste en a-t-il
obscurci la transparence ! Jusque-là, le cher abbé avait eu la
patience de me laisser dire ; mais à ce mot d'artiste, me tirant
par la manche : – Est-ce que vous extravaguez ? me dit-il.
– Non pas tout à fait. – Que parlez-vous de demi-teinte, de
plan, de vigueur de coloris. – Je substitue l'art à la nature
pour en bien juger. – Si vous vous exercez souvent à ces
substitutions, vous aurez de la peine à trouver de beaux

---

1. Expérience quasi mystique de l'émotion artistique – équivalent à la
fois sérieux et amusé de la contemplation de la nature. Le sublime du *site*
non seulement englobe le spectateur-promeneur, mais l'emporte hors de
lui, hors du temps, le ravit en extase.   2. Le narrateur, lui, n'oublie
pas qu'il s'agit d'art humain. Son *tour de tête bizarre* n'est que la suite de
la petite mystification initiale, source de plaisir et occasion d'élucidation
« philosophique ».   3. On peut voir là une allusion aux paysages dra-
matiques, d'inspiration à la fois réaliste et fantastique, du peintre italien
Salvator Rosa (1615-1673), qui relevaient de ce qu'on appelait alors le
« genre romanesque et pittoresque ». Diderot avait pu contempler certains
d'entre eux dans des collections privées.

tableaux. – Cela se peut. Mais convenez qu'après cette étude, le petit nombre de ceux que j'admirerai en vaudront la peine. – Il est vrai.

Tout en causant ainsi, et en suivant la rive du lac, nous arrivâmes où nous avions laissé nos deux petits disciples. Le jour commençait à tomber ; nous ne laissions pas que d'avoir du chemin à faire[1] jusqu'au château. Nous gagnâmes de ce côté, l'abbé faisant réciter à l'un de ses élèves ses deux fables, à l'autre son explication de Virgile, et moi, me rappelant les lieux dont je m'éloignais, et que je me proposais de vous décrire à mon retour. Ma tâche fut plus tôt expédiée que celle de l'abbé. À ces vers, *Vere novo, gelidus canis cum montibus humor liquitur, Et Zephyro putris se gleba resolvit*[2], je rêvai[3] à la différence des charmes de la peinture et de la poésie ; à la difficulté de rendre d'une langue dans une autre les endroits qu'on entend le mieux.

[Sur[4] ce je racontais à l'abbé que Jupiter un jour fut attaqué d'un grand mal de tête. Le père des dieux et des hommes passait les jours et les nuits le front penché sur ses deux mains et tirant de sa vaste poitrine un soupir profond. Les dieux et les hommes l'environnaient en silence ; lorsque tout à coup il se releva, poussa un grand cri et l'on vit sortir de sa tête entrouverte une déesse toute armée, toute vêtue. C'était Minerve. Tandis que les dieux dispersés dans l'Olympe célébraient la délivrance de Jupiter et la naissance de Minerve ; les hommes s'occupaient à l'admirer. Tous d'accord sur sa beauté, chacun trouvait à redire à son vêtement. Le sauvage lui arrachait son casque et sa cuirasse, et lui ceignait les reins d'un léger cordon de verdure. L'habitant de l'Archipel la voulait toute nue ; celui de l'Ausonie[5] plus décente et plus couverte ; l'Asiatique prétendait que les longs plis d'une tunique qui moulerait ses membres, en descendant mollement jusqu'à ses pieds, auraient infiniment plus de

---

1. *Ne pas laisser que de* vaut affirmation renforcée : « le *chemin à faire* est considérable ».   2. « Au retour du printemps, lorsque les neiges fondues coulent en ruisseaux du haut des montagnes, que la terre humectée par le souffle des zéphyrs commence à s'amollir » (*Géorgiques*, I, 43-44). 3. *Rêver* : « imaginer », « réfléchir profondément », « méditer ».
4. Ce paragraphe, fragment additionnel, ne figure pas dans le manuscrit autographe.   5. *Archipel* et *Ausonie* : les îles grecques et l'Italie méridionale antiques.

grâce. Le bon, l'indulgent Jupiter fit essayer à sa fille ces
différents vêtements et les hommes reconnurent qu'aucun
ne lui allait aussi bien que celui sous lequel elle se montra
au sortir de la tête de son père. L'abbé n'eut pas grand-peine
à saisir le sens de ma fable.]

Quelques endroits de différents poètes anciens nous don-
nèrent la torture à l'un et à l'autre, et nous convînmes de
dépit que la traduction de Tacite était infiniment plus aisée
que celle de Virgile. L'abbé de La Bletterie ne sera pas de
cet avis. Quoi qu'il en soit, son Tacite n'en sera pas moins
mauvais, ni le Virgile de Desfontaines meilleur[1].

Nous allions. L'abbé son œil malade couvert d'un mouchoir, et l'âme pleine de scandale de la témérité avec laquelle
j'avais avancé qu'un tourbillon de poussière que le vent
élève et qui nous aveugle, était tout aussi parfaitement
ordonné que l'univers. Ce tourbillon lui paraissait une image
passagère du chaos, suscitée fortuitement au milieu de
l'œuvre merveilleux[2] de la création. C'est ainsi qu'il s'en
expliqua. Mon cher abbé, lui dis-je, oubliez pour un moment
le petit gravier qui picote votre cornée, et écoutez-moi. Pourquoi l'univers vous paraît-il si bien ordonné ; c'est que tout
y est enchaîné à sa place, et qu'il n'y a pas un seul être qui
n'ait dans sa position, sa production, son effet, une raison
suffisante[3] ignorée ou connue ? Est-ce qu'il y a une exception pour le vent d'ouest ? Est-ce qu'il y a une exception
pour les grains de sable ? Une autre pour les tourbillons ? Si
toutes les forces qui animaient chacune des molécules qui
formaient celui qui nous a enveloppés étaient données, un
géomètre vous démontrerait que celle qui est engagée entre
votre œil et sa paupière est précisément à sa place. – Mais
dit l'abbé, je l'aimerais tout autant ailleurs ; je souffre, et le
paysage que nous avons quitté me récréait la vue. – Et
qu'est-ce que cela fait à la nature ? Est-ce qu'elle a ordonné
le paysage pour vous ? – Pourquoi non ? – C'est que si elle
a ordonné le paysage pour vous, elle aura aussi ordonné

---

1. L'abbé de La Bletterie a traduit entre 1755 et 1768 les six premiers
livres des *Annales* de Tacite, alors que l'abbé Desfontaines, en 1743, avait
proposé sa traduction de Virgile en quatre volumes.   2. *Œuvre* est
masculin pour désigner une œuvre de grand mérite.   3. Selon le principe de raison suffisante de Leibniz, rien n'arrive sans une cause
déterminante (voir la note 3, p. 72). C'est la position de Diderot.

pour vous le tourbillon. Allons, mon ami. Tranchons un peu
moins des importants[1]. Nous sommes dans la nature. Nous
y sommes tantôt bien, tantôt mal. Et croyez que ceux qui
louent la nature d'avoir au printemps tapissé la terre de vert,
couleur amie de nos yeux, sont des impertinents[2] qui
oublient que cette nature dont ils veulent retrouver en tout
et partout la bienfaisance, étend en hiver sur nos campagnes
une grande couverture blanche qui blesse nos yeux, nous
fait tournoyer la tête et nous expose à mourir glacés. La
nature est bonne et belle quand elle nous favorise. Elle est
laide et méchante, quand elle nous afflige. C'est à nos efforts
mêmes qu'elle doit souvent une partie de ses charmes[3].
– Voilà des idées qui me mèneraient loin. – Cela se peut.
– Et me conseilleriez-vous d'en faire le catéchisme de mes
élèves ? – Pourquoi non ? Je vous jure que je le crois plus
vrai et moins dangereux qu'un autre. – Je consulterai là-
dessus leurs parents. – Leurs parents pensent bien et vous
ordonneront d'apprendre à leurs enfants à penser mal. – Mais
pourquoi ? Quel intérêt ont-ils à ce qu'on remplisse la tête
de ces pauvres petites créatures de sottises et de mensonges ?
– Aucun ; mais ils sont inconséquents et pusillanimes[4].

3ᵉ site[5]

Je commençais à ressentir de la lassitude, lorsque je me
trouvai sur la rive d'une espèce d'anse de mer. Cette anse
était formée à gauche par une langue de terre, un terrain
escarpé, des rochers couverts d'un paysage tout à fait agreste
et touffu. Ce paysage touchait d'un bout au rivage, et de
l'autre aux murs d'une terrasse qui s'élevait au-dessus des

---

1. « Faisons un peu moins les importants ».   **2.** Plutôt qu'« inso-
lent », au sens moderne, comprenons « qui n'a pas de pertinence », « qui
ne touche pas la question dont il s'agit », donc « qui est contre le bon
sens », « aberrant ».   **3.** On trouve à la même époque, dans *Le Rêve
de D'Alembert* ou dans *Jacques le fataliste*, la critique de l'anthropocentrisme (voir la note 1, p. 27).   **4.** Interprétons : les parents qui *pensent bien*, c'est-à-dire qui suivent les idées dominantes, notamment reli-
gieuses, le font par défaut de logique et manque de courage. On comprend
mieux la présence d'un précepteur et de ses élèves dans cette « philosophique » promenade.   **5.** Une *Marine* aujourd'hui conservée pourrait
correspondre à ce troisième *site*.

eaux. Cette longue terrasse était parallèle au rivage, et
s'avançait fort loin dans la mer qui délivrée à son extrémité
de cette digue prenait toute son étendue. Ce site était encore
embelli par un château de structure militaire et gothique[1].
On l'apercevait au loin au bout de la terrasse. Ce château
était terminé dans sa plus grande hauteur par une esplanade
environnée de mâchicoulis ; une petite tourelle ronde occu-
pait le centre de cette esplanade. Et nous distinguions très
bien le long de la terrasse, et autour de l'espace compris
entre la tourelle et les mâchicoulis, différentes personnes,
les unes appuyées sur le parapet de la terrasse, d'autres sur
le haut des mâchicoulis ; ici il y en avait qui se promenaient ;
là d'arrêtées debout qui semblaient converser. M'adressant
à mon conducteur : Voilà, lui dis-je, encore un assez beau
coup d'œil. – Est-ce que vous ne reconnaissez pas ces lieux ?
me répondit-il. – Non. – C'est notre château. – Vous avez
raison. – Et tous ces gens-là qui prennent le frais, à la chute
du jour ; ce sont nos joueurs, nos joueuses, nos politiques,
et nos galants. – Cela se peut. – Tenez, voilà la vieille
comtesse qui continue d'arracher les yeux à son partner[2] sur
une invite qu'il n'a pas répondue. Proche le château, ce
groupe pourrait bien être de nos politiques dont les vapeurs
se sont apaisées et qui commencent à s'entendre et à rai-
sonner plus sensément. Ceux qui tournent deux à deux sur
l'esplanade, autour de la tourelle, sont infailliblement les
jeunes gens, car il faut avoir leurs jambes pour grimper
jusque-là. La jeune marquise et le petit comte en descendront
les derniers, car ils ont toujours quelque caresse à se faire
à la dérobée. Nous nous étions assis ; nous nous reposions
de notre côté ; et nos yeux suivant le rivage, à droite, nous
voyions par le dos deux personnes, je ne sais quelles, assises
et se reposant aussi dans un endroit où le terrain s'enfonçait ;
plus loin des gens de mer occupés à charger ou décharger
une nacelle[3]. Dans le lointain, sur les eaux, un vaisseau
à la voile ; fort au-delà, des montagnes vaporeuses et très

---

1. *Gothique* n'a pas ici le sens péjoratif que Diderot et son siècle lui
prêtent souvent. Le château, simplement, est médiéval.   2. C'est l'un
des premiers emplois littéraires de cet anglicisme qu'on trouve encore chez
Balzac. L'*invite* désigne la carte que l'on abat pour désigner son jeu au
partenaire, afin qu'il en tienne compte.   3. Une barque, ou une petite
embarcation à voile.

éloignées. J'étais un peu inquiet comment nous regagne-
rions le château dont nous étions séparés par un espace
d'eau assez considérable. – Si nous suivons le rivage vers
la droite, dis-je, à l'abbé, nous ferons le tour du globe avant
que d'arriver au château, et c'est bien du chemin pour ce
soir. Si nous le suivons vers la gauche, arrivés à ce paysage,
nous trouverons apparemment un sentier qui le traverse et
qui conduit à quelque porte qui s'ouvre sur la terrasse. – Et
vous voudriez bien, dit l'abbé, ne faire ni le tour du globe
ni celui de l'anse. – Il est vrai. Mais cela ne se peut. – Vous
vous trompez. Nous irons à ces mariniers qui nous pren-
dront dans leur nacelle et qui nous déposeront au pied du
château. Ce qui fut dit, fut fait. Nous voilà embarqués, et
vingt lorgnettes d'opéra braquées sur nous, et notre arrivée
saluée par des cris de joie qui partaient de la terrasse et du
sommet du château. Nous y répondîmes selon l'usage. Le
ciel était serein. Le vent soufflait du rivage vers le château ;
et nous fîmes le trajet en un clin d'œil. Je vous raconte
simplement la chose. Dans un moment plus poétique,
j'aurais déchaîné les vents, soulevé les flots, montré la
petite nacelle tantôt voisine des nues, tantôt précipitée au
fond des abîmes ; vous auriez frémi pour l'instituteur, ses
jeunes élèves, et le vieux philosophe votre ami. J'aurais
porté de la terrasse à vos oreilles, les cris des femmes éplo-
rées. Vous auriez vu sur l'esplanade du château des mains
levées vers le ciel ; mais il n'y aurait pas eu un mot de vrai[1].
Le fait est que nous n'éprouvâmes d'autre tempête que celle
du premier livre de Virgile[2] que l'un des élèves de l'abbé
nous récita par cœur ; et telle fut la fin de notre première
sortie ou promenade.

  J'étais las ; mais j'avais vu de belles choses, respiré l'air
le plus pur et fait un exercice très sain. Je soupai d'appétit,
et j'eus la nuit la plus douce et la plus tranquille. Le lende-
main en m'éveillant, je disais : Voilà la vraie vie, le vrai

---

  1. Cette hypothèse par laquelle le narrateur souligne sa toute-puissance,
non moins démiurgique que celle du grand peintre, nous renvoie aux derniers tableaux de la *Promenade*, qui dépeignent «réellement» des tempêtes, et rappelle l'ironie de *Jacques le fataliste*: «Lecteur [...] il ne
tiendrait qu'à moi de [faire] courir à chacun tous les hasards qu'il me
plairait [...] Mais adieu la vérité de mon récit... »   2. C'est la tempête
du premier livre de l'*Énéide*.

séjour de l'homme. Tous les prestiges[1] de la société ne
purent jamais en éteindre le goût. Enchaînés dans l'enceinte
étroite des villes par des occupations ennuyeuses et de tristes
devoirs, si nous ne pouvons retourner dans les forêts notre
premier asile, nous sacrifions une portion de notre opulence
à appeler les forêts autour de nos demeures. Mais là elles
ont perdu sous la main symétrique de l'art leur silence, leur
innocence, leur liberté, leur majesté, leur repos. Là, nous
allons contrefaire un moment le rôle du sauvage ; esclaves
des usages, des passions, jouer la pantomime[2] de l'homme
de nature. Dans l'impossibilité de nous livrer aux fonctions
et aux amusements de la vie champêtre, d'errer dans une
campagne, de suivre un troupeau, d'habiter une chaumière,
nous invitons à prix d'or et d'argent le pinceau de Wouwer-
mans, de Berghem[3] ou de Vernet à nous retracer les mœurs
et l'histoire de nos anciens aïeux, et les murs de nos somp-
tueuses et maussades demeures se couvrent des images d'un
bonheur que nous regrettons ; et les animaux du Berghem
ou de Paul Potter paissent sous nos lambris, parqués dans
une riche bordure ; et les toiles d'araignée d'Ostade[4] sont

---

1. « Illusion faite aux sens, par artifice », selon l'*Encyclopédie*. Se dit
au figuré de tout ce qui peut éblouir, surprendre, faire illusion. À l'époque
classique *prestige*, qui s'emploie souvent au pluriel, désigne en particulier
les illusions opérées sur les esprits par les lettres et les arts. Il est opposé
à *prodige(s)*, d'origine surnaturelle.   2. La chose et le mot *pantomime*
(au sens de la pratique, au féminin) apparaissent chez Diderot dès 1751.
On sait l'importance des *pantomimes* dans son entreprise de rénovation
dramatique ainsi que dans *Le Neveu de Rameau*. Gestuelle muette, ce
« langage d'action » hérité des anciens Latins est étendu par Diderot au jeu
des comédiens, à leur disposition sur la scène et à la danse. Ici, le terme
signifie « jeu social », place (souvent grimaçante) qu'occupe chacun de
nous sur le grand théâtre du monde. Il est à peu près l'équivalent de *rôle
du sauvage* (ce dernier terme n'étant pas péjoratif alors).   3. Philips
Wouwerman(s) (1619-1668) et Claes Pieter Berchem ou Berghem
(1620-1683) sont de ces maîtres néerlandais – marqués en outre par l'Italie –
qui ont influencé la peinture de genre française du XVIIIᵉ siècle et dont
Diderot a pu admirer des toiles ou gravures (paysages, chevaux, bovins)
dans le cabinet de l'amateur Louis-Jean Gaignat.   4. Les mêmes
remarques valent pour Paulus Potter (1625-1665), le plus grand peintre
animalier de son temps, et pour Adriaen Van Ostade (1610-1684), peintre
renommé d'intérieurs flamands. Si Diderot a échoué à acheter la collection
Gaignat au nom de Catherine II, il a pu cependant, en 1769, acquérir
certains de ses chefs-d'œuvre pour doter à son profit le nouveau musée de
l'Ermitage, à Saint-Pétersbourg.

suspendues entre des crépines[1] d'or sur un damas cramoisi ; et nous sommes dévorés par l'ambition, la haine, la jalousie et l'amour ; et nous brûlons de la soif de l'honneur et de la richesse au milieu des scènes de l'innocence et de la pauvreté, s'il est permis d'appeler pauvre, celui à qui tout appartient. Nous sommes des malheureux autour desquels le bonheur est représenté sous mille formes diverses. *O rus, quando te aspiciam*[2], disait le poète, et c'est un souhait qui s'élève cent fois au fond de notre cœur.

4ᵉ site[3]

J'en étais là de ma rêverie[4], nonchalamment étendu dans un fauteuil, laissant errer mon esprit, à son gré ; état délicieux, où l'âme est honnête sans réflexion, l'esprit juste et délicat sans effort ; où l'idée, le sentiment semble naître en nous de lui-même, comme d'un sol heureux ; mes yeux étaient attachés sur un paysage admirable, et je disais : L'abbé a raison, nos artistes n'y entendent rien, puisque le spectacle de leurs plus belles productions ne m'a jamais fait éprouver le délire que j'éprouve ; le plaisir d'être à moi, le plaisir de me reconnaître aussi bon que je le suis, le plaisir de me voir et de me complaire, le plaisir plus doux encore de m'oublier. Où suis-je dans ce moment ? Qu'est-ce qui m'environne ? Je ne le sais, je l'ignore. Que me manque-t-il ? Rien. Que désiré-je ? Rien. S'il est un dieu, c'est ainsi qu'il est. Il jouit de lui-même[5]. Un bruit entendu au loin, c'était

---

1. « Ouvrage travaillé à jour par le haut, et pendant à grands filets ou franges par en bas, qui se fait avec l'aiguille, le crochet, la brochette, les pinces et le fuseau à lisser », dit l'*Encyclopédie*. Pour *damas*, voir la note 3, p. 16. On retrouve ici, sur fond d'opposition nature-culture, la question du *luxe*, qui est l'un des thèmes majeurs de nos deux textes.   2. « Ô campagne, quand te reverrai-je ? » (Horace, *Satires*, II, 6). Ce vers revient plusieurs fois sous la plume de Diderot, admirateur d'Horace.
3. Le quatrième *site* correspond aux *Occupations du rivage*, tableau conservé.   4. Mot proche de celui qu'utilisera Rousseau (*Rêveries du promeneur solitaire*, posth., 1782), à la fois libre vagabondage de l'esprit et méditation au sein de la nature sur la condition humaine. Seule (petite ?) différence : Diderot est *nonchalamment étendu dans un fauteuil*.
5. Devenu (comme) Dieu, immergé dans sa contemplation parfaite, le *moi* du Philosophe à la fois se comble et s'oublie. N'est-il pas la victime de sa

le coup de battoir d'une blanchisseuse, frappa subitement
mon oreille ; et adieu mon existence divine. Mais s'il est doux
d'exister à la façon de Dieu, il est aussi quelquefois assez
doux d'exister à la façon des hommes[1]. Qu'elle vienne ici
seulement, qu'elle m'apparaisse, que je revoie ses grands
yeux, qu'elle pose doucement sa main sur mon front, qu'elle
me sourie[2]... Que ce bouquet d'arbres vigoureux et touffus
fait bien à droite ! Cette langue de terre ménagée en pointe
au-devant de ces arbres et descendant par une pente facile
vers la surface de ces eaux est tout à fait pittoresque. Que ces
eaux qui rafraîchissent cette péninsule, en baignant sa rive,
sont belles ! Ami, Vernet, prends tes crayons, et dépêche-toi
d'enrichir ton portefeuille de ce groupe de femmes. L'une
penchée vers la surface de l'eau, y trempe son linge. L'autre
accroupie le tord. Une troisième debout en a rempli le panier
qu'elle a posé sur sa tête. N'oublie pas ce jeune homme que
tu vois par le dos, proche d'elles, courbé vers le fond et
s'occupant du même travail. Hâte-toi, car ces figures pren-
dront dans un instant, une autre position moins heureuse
peut-être. Plus ta copie sera fidèle, plus ton tableau sera beau.
Je me trompe. Tu donneras à ces femmes un peu plus de légèreté. Tu les toucheras moins lourdement. Tu affaibliras le ton
jaunâtre et sec de cette terrasse[3]. Ce pêcheur qui a jeté son
filet vers la gauche, à l'endroit où les eaux prennent toute leur
étendue, tu le laisseras tel qu'il est. Tu n'imagineras rien de
mieux. Vois son attitude. Comme elle est vraie ! Place aussi

propre « mystification » ? Si le lecteur veut bien pourtant ne pas oublier,
lui, que Diderot est toujours à Paris, dans le Salon carré du Louvre, bien
qu'il joue à se rêver ailleurs, la confusion momentanée art-nature est l'effet
même, ironique ou non, que produit l'art sur le spectateur. Voir la note 2,
p. 74.
    1. C'est le travail humain qui tire le rêveur de son extase. Dans un
instant, Vernet lui-même sera convié à *œuvrer*. La méditation se mue en
action, en œuvre d'art, de l'artiste-démiurge comme du critique-écrivain
– ce qu'elle n'a pas moins été depuis le début de cette deuxième « journée »
qu'au cours de la première.   **2.** Le souvenir de sa maîtresse Sophie
Volland, associé au paysage et aux figures de femmes du tableau, revient
hanter le rêveur, qui est aussi l'auteur des articles DÉLICIEUX et JOUISSANCE
de l'*Encyclopédie*, hymnes au charme extrême et voluptueux de vivre.
3. Diderot, comme il le fait souvent dans ses *Salons*, corrige le tableau
qu'il commente, suggère des améliorations : il devient auteur en second,
au nom du « modèle idéal » qu'il a théorisé dans les pages liminaires du
Salon de 1767. Voir les notes 3, p. 26 et 3, p. 64.

son chien à côté de lui. Quelle foule d'accessoires heureux à recueillir pour ton talent. Et ce bout de rocher qui est tout à fait à gauche, et proche de ce rocher sur le fond, ces bâtiments et ces hameaux, et entre cette fabrique, ce hameau, et la langue de terre aux blanchisseuses, ces eaux tranquilles et calmes dont la surface s'étend et se perd dans le lointain. Si sur un plan correspondant à ces femmes occupées, mais à une très grande distance, tu places dans une de tes compositions, comme la nature te l'indique ici, des montagnes vaporeuses dont je n'aperçoive que le sommet, l'horizon de ta toile en sera renvoyé aussi loin que tu le voudras. Mais comment feras-tu pour rendre, je ne dis pas la forme de ces objets divers, ni même leur vraie couleur, mais la magique harmonie[1] qui les lie... Pourquoi suis-je seul ici ! pourquoi personne ne partage-t-il avec moi le charme, la beauté de ce site ! Il me semble que si elle était là, dans son vêtement négligé, que je tinsse sa main, que son admiration se joignît à la mienne, j'admirerais bien davantage. Il me manque un sentiment que je cherche, et qu'elle seule peut m'inspirer. Que fait le propriétaire de ce beau lieu ? Il dort. Je vous appelais, j'appelais mon amie[2], lorsque le cher abbé entra avec son mouchoir sur son œil. Vos tourbillons de poussière, me dit-il avec un peu d'humeur, qui sont aussi bien ordonnés que le monde, m'ont fait passer une mauvaise nuit. Ses bambins étaient à leurs devoirs, et il venait causer avec moi. L'émotion vive de l'âme laisse, même après qu'elle est passée, des traces sur le visage qu'il n'est pas difficile de reconnaître. L'abbé ne s'y méprit pas. Il devina quelque chose de ce qui s'était passé au fond de la mienne. – J'arrive à contretemps, me dit-il. – Non, l'abbé. – Une autre compagnie vous rendrait peut-être en ce moment plus heureux que la mienne. – Cela se peut. – Je m'en vais donc. – Non, restez. Il resta. Il m'invita à prolonger mon séjour, et me promit autant de promenades telles que celles de la veille, de tableaux tels que celui que j'avais sous les yeux, que je lui accorderais de journées. Il était neuf heures du matin, et tout dormait encore autour de

---

1. La critique cède de nouveau le pas à l'admiration devant l'art de Vernet. Comme Chardin (1699-1779), Vernet réussit selon Diderot dans ses tableaux, par une *magie* qui est le comble de l'art, à *harmoniser* le tout. Voir la note 6, p. 14.   2. Grimm, son ami, et Sophie, son amie, sont souvent associés dans ses invocations.

nous. Entre un assez grand nombre d'hommes aimables et de femmes charmantes que ce séjour rassemblait et qui tous s'étaient sauvés de la ville, à ce qu'ils disaient, pour jouir des agréments, du bonheur de la campagne, aucun qui eût quitté son oreiller, qui vînt respirer la première fraîcheur de l'air, entendre le premier chant des oiseaux, sentir le charme de la nature ranimée par les vapeurs de la nuit, recevoir le premier parfum des fleurs, des plantes et des arbres. Ils semblaient ne s'être faits habitants des champs que pour se livrer plus sûrement et plus continûment aux ennuis de la ville[1]. Si la compagnie de l'abbé n'était pas tout à fait celle que j'aurais choisie, je m'aimais encore mieux avec lui que seul. Un plaisir qui n'est que pour moi me touche faiblement et dure peu. C'est pour moi et pour mes amis que je lis, que je réfléchis, que j'écris, que je médite, que j'entends, que je regarde, que je sens. Dans leur absence, ma dévotion rapporte tout à eux. Je songe sans cesse à leur bonheur. Une belle ligne me frappe-t-elle ; ils la sauront. Ai-je rencontré un beau trait, je me promets de leur en faire part. Ai-je sous les yeux quelque spectacle enchanteur, sans m'en apercevoir j'en médite le récit pour eux. Je leur ai consacré l'usage de tous mes sens et de toutes mes facultés ; et c'est peut-être la raison pour laquelle tout s'exagère, tout s'enrichit un peu dans mon imagination et dans mon discours. Ils m'en font quelquefois un reproche ; les ingrats[2] !

L'abbé placé à côté de moi s'extasiait, à son ordinaire, sur les charmes de la nature. Il avait répété cent fois l'épithète de beau, et je remarquais que cet éloge commun s'adressait à des objets tout divers. – L'abbé, lui dis-je, cette roche escarpée, vous l'appelez belle ; la forêt sourcilleuse qui la couvre, vous l'appelez belle ; ce torrent qui blanchit

---

1. Cette critique, que l'on trouve déjà chez les auteurs latins appréciés de Diderot, se développe au XVIIIe siècle pour prendre avec le rousseauisme une ampleur considérable.   2. La sociabilité extravertie de Diderot est un aspect bien connu de sa personnalité. Il se plaint ainsi dans sa *Correspondance* d'être exploité par des ingrats ; mais il est capable, à son profit il est vrai, de prendre toute la mesure de ses contradictions. La petite comédie fort réussie qu'il compose à la fin de sa vie, *Est-il bon ? Est-il méchant ?*, en est l'exemple le plus flagrant. Dans le présent cas, la bonne conscience, plaisante certes, l'emporte sur la mauvaise foi. Diderot n'ignore pas la puissance de son « imagination ».

de son écume le rivage et qui en fait frissonner le gravier, vous l'appelez beau. Le nom de beau, vous l'accordez, à ce que je vois, à l'homme, à l'animal, à la plante, à la pierre, aux poissons, aux oiseaux, aux métaux. Cependant vous m'avouerez qu'il n'y a aucune qualité physique commune entre ces êtres. D'où vient donc ce tribut commun ? – Je ne sais, et vous m'y faites penser pour la première fois. – C'est une chose toute simple. La généralité de votre panégyrique vient, cher abbé, de quelques idées ou sensations communes excitées dans votre âme par des qualités physiques absolument différentes. – J'entends, l'admiration. – Ajoutez et le plaisir. Si vous y regardez de près, vous trouverez que les objets qui causent de l'étonnement ou de l'admiration sans faire plaisir ne sont pas beaux ; et que ceux qui font plaisir, sans causer de la surprise ou de l'admiration, ne le sont pas davantage. Le spectacle de Paris en feu vous ferait horreur. Au bout de quelque temps, vous aimeriez à vous promener sur ses cendres. Vous éprouveriez un violent supplice à voir expirer votre amie ; au bout de quelque temps, votre mélancolie vous conduirait vers sa tombe, et vous vous y asseyeriez. Il y a des sensations simples et des sensations composées ; et c'est la raison pour laquelle il n'y a de beaux que les objets de la vue et de l'ouïe. Écartez du son toute idée accessoire, et morale, et vous lui ôterez sa beauté. Arrêtez à la surface de l'œil une image ; que l'impression n'en passe ni à l'esprit ni au cœur, et elle n'aura plus rien de beau[1]. Il y a encore une autre distinction, c'est l'objet dans la nature, et le même objet dans l'art ou l'imitation. Ce terrible incendie au milieu duquel hommes, femmes, enfants, pères, mères, frères, sœurs, amis, étrangers, concitoyens tout périt, vous plonge dans la consternation ; vous fuyez, vous détournez vos regards, vous fermez vos oreilles aux cris. Spectateur peut-être désespéré de survivre à tant d'êtres chéris, hasarderez-vous votre vie ? Vous chercherez

---

1. Diderot s'est toujours opposé aux théories purement formelles. Contrairement à l'odorat, au goût et au toucher, la vue et l'ouïe suscitent des « sensations composées », elles permettent d'élaborer des « idées accessoires et morales » ; elles sont par là à l'origine du *sentiment du beau*, lequel ne se limite pas à des arrangements d'images ou de rythmes, mais concerne le cœur et l'esprit : il donne lieu à des imitations, ou mieux à des *représentations* chargées d'*idées* et d'*émotions* : bref, à de l'art.

à les sauver, ou à trouver dans les flammes un sort commun avec eux. Qu'on vous montre sur la toile les incidents de cette calamité, et vos yeux s'y arrêteront avec joie[1]. Vous direz avec Énée : *En Priamus ; sunt hic etiam sua praemia laudi*[2]. – Et je verserai des larmes. – Je n'en doute pas. – Mais puisque j'ai du plaisir, qu'ai-je à pleurer ? Et si je pleure, comment se fait-il que j'aie du plaisir ? – Serait-il possible, l'abbé, que vous ne connussiez pas ces larmes-là ? Vous n'avez donc jamais été vain[3], quand vous avez cessé d'être fort ? Vous n'avez donc jamais arrêté vos regards sur celle qui venait de vous faire le plus grand sacrifice qu'une femme honnête puisse faire. Vous n'avez donc... – Pardonnez-moi, j'ai, j'ai éprouvé la chose ; mais je n'en ai jamais su la raison, et je vous la demande.

Quelle question vous me faites là, cher abbé. Nous y serions encore demain, et tandis que nous passerions assez agréablement votre temps, vos disciples perdraient le leur. – Un mot seulement... – Je ne saurais. Allez à votre thème et à votre version. – Un mot... – Non, non, pas une syllabe. Mais prenez mes tablettes, cherchez au verso du premier feuillet, et peut-être y trouverez-vous quelques lignes qui mettront votre esprit en train[4]. L'abbé prit les tablettes, et tandis que je m'habillais, il lut.

La Rochefoucauld a dit que *dans les plus grands malheurs des personnes qui nous sont le plus chères, il y a toujours quelque chose qui ne nous déplaît pas*[5]. – Est[-ce] cela ? me

---

1. La même idée, déjà exprimée par saint Augustin, se retrouve chez Burke. Un objet d'horreur, représenté par une tragédie ou une œuvre d'art en général, devient « la source d'une sorte très élevée de plaisir ». 2. Fuyant Troie dévastée par les Grecs, Énée débarque à la suite d'une tempête dans les environs de Carthage. Alors qu'il se hasarde dans la ville, il aperçoit sur les murailles d'un temple des scènes de la guerre de Troie. Cette vue le réconforte « pour la première fois » au sein de ses malheurs. Il s'exclame : « Voici Priam ; ici même, les belles actions ont leur récompense... » (*Énéide*, I, v. 465). Virgile continue ainsi : « Il y a des larmes pour l'infortune, et les actions humaines touchent les cœurs. » Cela explique la réplique de l'abbé et la suite de la discussion, où les larmes mêlées de plaisir que provoque l'œuvre d'art jouent un rôle important. 3. Voir la note 3, p. 33. Ici l'adjectif est proche du sens moderne de *vaniteux*. 4. Pour *tablettes*, voir la note 1, p. 24. Le procédé qui consiste à faire une lecture, commentée à deux, de notes déjà rédigées permet, avec virtuosité, un degré de démultiplication supplémentaire du propos. 5. La première édition des *Maximes* (1665) contenait une maxime 99 que

dit l'abbé. – Oui. – Mais cela ne vient guère à la chose[1]...
Allez toujours... Et il continua :

– N'y aurait-il pas à cette idée un côté vrai et moins affli-
geant pour l'espèce humaine ? Il est beau, il est doux de
compatir aux malheureux. Il est beau, il est doux de se
sacrifier pour eux. C'est à leur infortune que nous devons
la connaissance flatteuse de l'énergie de notre âme[2]. Nous
ne nous avouons pas aussi franchement à nous-mêmes qu'un
certain chirurgien le disait à son ami, *Je voudrais que vous
eussiez une jambe cassée et vous verriez ce que je sais faire* ;
mais tout ridicule que ce souhait paraisse, il est caché au
fond de tous les cœurs. Il est naturel. Il est général. Qui
est-ce qui ne désirera pas sa maîtresse au milieu des
flammes, s'il peut se promettre de s'y précipiter comme
Alcibiade[3], et de la sauver entre ses bras ? Nous aimons
mieux voir sur la scène l'homme de bien souffrant que le
méchant puni ; et sur le théâtre du monde, au contraire, le
méchant puni que l'homme de bien souffrant. C'est un beau
spectacle que celui de la vertu sous les grandes épreuves[4].
Les efforts les plus terribles tournés contre elle ne nous
déplaisent pas. Nous nous associons volontiers, en idée, au
héros opprimé. L'homme le plus épris de la fureur de la
tyrannie laisse là le tyran et le voit tomber avec joie dans la
coulisse, mort d'un coup de poignard. Le bel éloge de
l'espèce humaine, que ce jugement impartial du cœur, en
faveur de l'innocence. Une seule chose peut nous rapprocher
du méchant, c'est la grandeur de ses vues, l'étendue de son
génie, le péril de son entreprise[5]. Alors si nous oublions sa
méchanceté, pour courir son sort, si nous conjurons contre

La Rochefoucauld a supprimée en 1666 : « Dans l'adversité de nos meilleurs amis, nous trouvons toujours quelque chose qui ne nous déplaît pas ».
1. « Cela n'a guère de rapport avec la question. » **2.** Diderot avait
trouvé des idées semblables dans Shaftesbury (1671-1713), dont il a traduit-
adapté l'*Essai sur le mérite et la vertu* en 1745, ainsi que dans la *Recherche*
de Burke. **3.** Comme le rapporte l'*Encyclopédie* à l'article ALCIBIADE,
le fameux général athénien, acculé dans une maison à laquelle ses ennemis
ont mis le feu, « s'élance, l'épée à la main, sur ses assassins. Il n'avait avec
lui qu'un ami et une femme qui s'étaient associés à ses destinées ».
4. Tel est le sous-titre du *Fils naturel* (1757) : *Les Épreuves de la vertu.*
5. Le même contraste est assumé dans le *Salon de 1765*, à propos de
Jean-Baptiste Greuze (1725-1805), peintre « vertueux » : « Je hais toutes
ces petites bassesses qui ne montrent qu'une âme abjecte, mais je ne hais

Venise avec le comte de Bedmard[1] ; c'est la vertu qui nous subjugue encore sous une autre face. – Cher abbé, observez en passant combien l'historien éloquent peut être dangereux, et continuez. – Nous allons au théâtre chercher de nous-mêmes une estime que nous ne méritons pas, prendre bonne opinion de nous, partager l'orgueil de grandes actions que nous ne ferons jamais, ombres vaines des fameux personnages qu'on nous montre. Là, prompts à embrasser, à serrer contre notre sein la vertu menacée, nous sommes bien sûrs de triompher avec elle, ou de la lâcher quand il en sera temps. Nous la suivons jusqu'au pied de l'échafaud, mais pas plus loin ; et personne n'a mis sa tête sur le billot, à côté de celle du comte d'Essex[2]. Aussi le parterre est-il plein, et les lieux de la misère réelle, vides. S'il fallait sérieusement subir la destinée du malheureux mis en scène, les loges seraient désertes. Le poëte, le peintre, le statuaire, le comédien sont des charlatans[3] qui nous vendent à peu de frais la fermeté du vieil Horace, le patriotisme du vieux Caton[4], les plus séduisants des flatteurs.

L'abbé en était là, lorsqu'un de ses élèves entra, sautant de joie, son cahier à la main. L'abbé qui préférait de causer

---

pas les grands crimes, premièrement parce qu'on en fait de beaux tableaux et de belles tragédies ».

1. Diderot cite à plusieurs reprises cet exemple de la trahison de l'ambassadeur d'Espagne, Bedmar (dans la pièce de Thomas Otway, *Venise sauvée*, II, 3), qui tenta de livrer Venise à ses compatriotes. Le lecteur ou le spectateur peut s'identifier avec le « méchant », pourvu qu'il soit « énergique ». **2.** L'exemple est tiré du *Comte d'Essex*, de Thomas Corneille, V, 8. **3.** Deux remarquables exemples de cette « charlatanerie » sont proposés par Diderot lui-même, dans *Mystification, ou Histoire des portraits*, conte inachevé de 1769, et dans *Est-il bon ? Est-il méchant ?* (1782). *Mystification* se veut le conte d'une tromperie réelle manigancée à l'encontre de personnes réelles, et *Est-il bon ? Est-il méchant ?* une comédie confectionnée à partir d'histoires personnelles avérées. Mais que penser de la *Promenade Vernet* ? La face comique de l'identification tragique, ou romanesque, y est remarquablement dessinée par Diderot. **4.** Le vieil Horace, héros mythique du civisme romain, mis en scène en 1640 par Corneille, et le vieux Caton dit le Censeur (234-149 av. J.-C.), modèle stoïcien lui aussi d'une vertu guerrière intransigeante, sont bien des personnages nobles, tragiques, qui flattent en nous à bon prix, comme des charlatans, notre désir identificatoire sur un fond(s) exemplaire. Cela n'enlève rien à l'art, à condition que, guidés par le pessimisme lucide de La Rochefoucauld, nous ne nous abusions pas sur ce que nous attendons d'eux – et de nous.

avec moi, à aller à son devoir ; car le devoir est une des choses les plus déplaisantes de ce monde ; c'est toujours caresser sa femme et payer ses dettes, l'abbé renvoya l'enfant, et me demanda la lecture du paragraphe suivant.
– Lisez, l'abbé, et l'abbé lut :

– Un imitateur de nature[1] rapportera toujours son ouvrage à quelque but important. Je ne prétends point que ce soit en lui méthode, projet, réflexion, mais instinct, pente secrète, sensibilité naturelle, goût exquis et grand. Lorsqu'on présenta à de Voltaire[2] Denys le tyran, première et dernière tragédie de Marmontel[3], le vieux poète dit : il ne fera jamais rien ; il n'a pas le secret. – Le génie peut-être ? – Oui, l'abbé, le génie, et puis le bon choix des sujets, l'homme de nature opposé à l'homme civilisé ; l'homme sous l'empire du despotisme, l'homme accablé sous le joug de la tyrannie, des pères, des mères, des époux, les liens les plus sacrés, les plus doux, les plus violents, les plus généraux, les maux de la société, la loi inévitable de la fatalité, les suites des grandes passions[4] ; il est difficile d'être fortement ému d'un péril qu'on n'éprouvera peut-être jamais. Moins la distance du personnage à moi est grande, plus l'attraction est prompte, plus l'adhésion est forte. On a dit, *Si vis me flere, dolendum est primum ipsi tibi*[5]. Mais tu pleureras tout seul, sans que je sois tenté de mêler une larme aux tiennes, si je ne puis me substituer à ta place. Il faut que je m'accroche à l'extrémité de la corde qui te tient suspendu dans les airs, ou je ne frémirai pas. – Ah, j'entends à présent... – Quoi, l'abbé ? – Je fais deux rôles, je suis double ; je suis

---

1. « L'artiste exigeant, qui travaille d'après la nature, qui œuvre à sa représentation », non le copiste plat, simple imitateur de la « belle nature » (voir la note 4, p. 26).   **2.** Diderot appelait Voltaire « de Voltaire ».
3. Jean-François Marmontel (1723-1799), compagnon des philosophes, accéda à la notoriété par son poème *Bélisaire. Denys le tyran* fut publié en 1748. Diderot néglige les autres tragédies de Marmontel.   **4.** Ici comme ailleurs, Diderot se situe clairement dans l'optique du « grand goût », tragique, civique et pathétique, qui s'est affirmé à partir des années 1750 contre le rococo dominant de la première moitié du siècle. C'est traditionnellement le registre du poète épique, du tragique, ou du peintre d'« histoire », comme l'expliquent les *Essais sur la peinture* (1765). **5.** Tout en reprenant librement Burke, Diderot poursuit sa réflexion à partir des classiques. « Si tu veux que je pleure, il faut d'abord que tu t'affliges toi-même », Horace, *Art poétique*, v. 102-103.

Le Couvreur[1] et je reste moi. C'est le moi Couvreur qui frémit et qui souffre, et c'est le moi tout court qui a du plaisir. – Fort bien, l'abbé; et voilà la limite de l'imitateur de nature. Si je m'oublie trop et trop longtemps, la terreur est trop forte. Si je ne m'oublie point du tout; si je reste toujours un, elle est trop faible. C'est ce juste tempérament qui fait verser des larmes délicieuses[2].

On avait exposé deux tableaux qui concouraient pour un prix proposé. C'était un Saint Barthelemy sous le couteau des bourreaux[3]. Une paysanne âgée décida les juges incertains. Celui-ci, dit la bonne femme, me fait grand plaisir; mais cet autre me fait grand-peine. Le premier la laissait hors de la toile, le second l'y faisait entrer. Nous aimons le plaisir en personne, et la douleur en peinture.

On[4] prétend que la présence de la chose frappe plus que son imitation; cependant on quittera Caton expirant sur la scène, pour courir au supplice de Lally[5]. Affaire de curiosité. Si Lally était décapité tous les jours, on resterait à Caton. Le théâtre est le mont Tarpéien, le parterre est le quai Pelletier des honnêtes gens[6].

Le peuple cependant ne se lasse point d'exécutions. C'est un autre principe. L'homme du coin devient au retour le Démosthène de son quartier. Pendant huit jours, il

---

1. Adrienne Le Couvreur (1692-1730), grande tragédienne.
2. Outre le thème propre au XVIIIᵉ siècle (puis au romantisme) des « larmes délicieuses », ainsi que la méditation continuée sur la *catharsis* (purgation réglée de la terreur et de la pitié), on trouve ici la préfiguration de la thèse du *Paradoxe sur le comédien*, capitale dans la pensée de Diderot : la supériorité du dédoublement « créateur » (une sensibilité chaude dominée par une maîtrise froide), corollaire de l'unité (du lecteur-spectateur comme du sujet traité).   3. Il s'agit peut-être du *Martyre de saint Barthélemy* de Jean-Baptiste Dehays (1729-1765). Diderot cite déjà cette anecdote dans son compte rendu de l'ouvrage de David Webb, théoricien anglais présent lui aussi en filigrane dans la *Promenade*.   4. Ce *on* est Burke, que Diderot continue à librement paraphraser, ou discuter.   5. Thomas de Lally-Tollendal, gouverneur général de l'Inde, battu par les Anglais et accusé (injustement) de trahison, fut exécuté publiquement en place de Grève (aujourd'hui de l'Hôtel-de-Ville) en 1766.   6. À Rome, on précipitait les condamnés à mort pour trahison du haut de la *roche Tarpéienne*, au sud du Capitole ; quant au *parterre* du théâtre, où se presse debout le public populaire du XVIIIᵉ siècle, il est comparé au *quai* de la Seine (aujourd'hui quai de Gesvres) d'où le *peuple* (par opposition aux *honnêtes gens*) pouvait assister à Paris aux exécutions publiques.

pérore, on l'écoute, *pendent ab ore loquentis*[1]. Il est un personnage.

Si l'objet nous intéresse en nature, l'art réunira le charme de la chose au charme de l'imitation. Si l'objet nous répugne en nature, il ne restera sur la toile, dans le poème, sur le marbre, que le prestige de l'imitation[2]. Celui donc qui se négligera sur le choix du sujet, se privera de la meilleure partie de son avantage. C'est un magicien maladroit qui casse en deux sa baguette.

Tandis que l'abbé s'amusait à causer ; ses enfants s'amusaient de leur côté à jouer. Le thème et la version avaient été faits à la hâte. Le thème était rempli de solécismes ; la version de contresens ; l'abbé en colère prononçait qu'il n'y aurait point de promenade ; en effet il n'y en eut point ; et selon l'usage, les élèves et moi nous fûmes châtiés de la faute du maître ; car les enfants ne manquent guère à leurs devoirs que parce que les maîtres ne sont pas au leur. Je pris donc le parti, privé de mon cicérone[3] et de sa galerie, de me prêter aux amusements du reste de la maison. Je jouai, je jouai mal, je fus grondé et je perdis mon argent. Je me mêlai à l'entretien de nos philosophes qui devinrent à la fin si brouillés, si bruyants que, n'étant plus d'âge propre aux promenades du parc, je pris furtivement mon chapeau et mon bâton, et m'en allai seul, à travers champs, rêvant[4] à la très belle et très importante question qu'ils agitaient et à laquelle ils étaient arrivés de fort loin.

Il s'agissait d'abord de l'acception des mots, de la difficulté de les circonscrire, et de l'impossibilité de s'entendre sans ce préliminaire.

Tous n'étaient pas d'accord ni sur l'un ni sur l'autre point. On choisit un exemple, et ce fut le mot *Vertu*. On demanda

---

1. « Pendus aux lèvres de l'orateur », *Énéide*, IV, 79. Diderot, dans *Jacques le fataliste* et ailleurs, a repris ce thème, souvent discuté au XVIIIᵉ siècle, des exécutions publiques et du plaisir que le peuple y peut prendre.   2. Le charme (trompeur, ou illusoire) de sa représentation. Voir la note 1, p. 40. L'artiste est maintenant dit « magicien », et non plus « charlatan » : version noble du même phénomène représentatif.
3. Voir la note 2, p. 24.   4. Voir la note 3, p. 35.

qu'est-ce que la vertu, et chacun la définissant à sa mode la dispute changea d'objet, les uns prétendant que *la vertu était l'habitude de conformer sa conduite à la loi* ; les autres que *c'était l'habitude de conformer sa conduite à l'utilité publique*.

Les premiers disaient que la vertu définie l'habitude de conformer ses actions à l'utilité publique était la vertu du législateur ou du souverain, et non celle du sujet, du citoyen, du peuple ; car qui est-ce qui a des idées exactes de l'utilité publique ? C'est une notion si compliquée, dépendante[1] de tant d'expérience, et de lumières que les philosophes même en disputaient entre eux. Si l'on abandonne les actions des hommes à cette règle, le vicaire de Saint Roch qui croit son culte très essentiel au maintien de la société, tuera le philosophe, s'il n'est prévenu[2] par celui-ci qui regarde toute institution religieuse comme contraire au bonheur de l'homme. L'ignorance et l'intérêt qui brouillent et obscurcissent tout dans les têtes humaines, montreront l'intérêt général où il n'est pas. Chacun ayant sa vertu, la vie de l'homme se remplira de crimes. Le peuple ballotté par ses passions et par ses erreurs n'aura point de mœurs[3] : car il n'y a de mœurs que là où les lois bonnes ou mauvaises sont sacrées ; car c'est là seulement que la conduite générale est uniforme. Pourquoi n'y a-t-il et ne peut-il y avoir de mœurs dans aucune contrée de l'Europe ? C'est que la loi civile et la loi religieuse sont en contradiction avec la loi de nature[4]. Qu'en arrive-t-il ? C'est que toutes trois enfreintes et observées alternativement, elles perdent toute sanction. On n'y est ni religieux, ni citoyen, ni homme. On n'y est que ce qui convient à l'intérêt du moment. D'ailleurs, si chacun s'institue juge

---

1. Au XVIIIᵉ siècle, on ne distinguait pas aussi strictement qu'aujourd'hui le participe présent, invariable, de l'adjectif verbal.   2. « Précédé ».
3. L'emploi de *mœurs* est très vaste au XVIIIᵉ siècle et relève du climat, de la religion, des lois, autant que de la psychologie. « Avoir des mœurs », pour un peuple, signifie donc ne pas être déchiré entre plusieurs modèles, codes ou « règles », se conduire de manière conséquente.   4. Première formulation explicite de la théorie des trois codes, ou lois, jusque-là en gestation, qui joue un rôle majeur dans la pensée politique de Diderot : les lois civile et religieuse sont opposées à la loi naturelle, modèle de l'utilité publique.

compétent de la conformité de la loi avec l'utilité publique, l'effrénée liberté d'examiner, d'observer ou de fouler aux pieds les mauvaises lois conduira bientôt à l'examen, au mépris et à l'infraction des bonnes[1].

5ᵉ site[2]

J'allais devant moi, ruminant ces objections qui me paraissaient fortes, lorsque je me trouvai entre des arbres et des rochers, lieu sacré par son silence et son obscurité. Je m'arrêtai là et je m'assis. J'avais à ma droite un phare qui s'élevait du sommet des rochers. Il allait se perdre dans la nue, et la mer en mugissant venait se briser à ses pieds. Au loin des pêcheurs et des gens de mer étaient diversement occupés. Toute l'étendue des eaux agitées s'ouvrait devant moi. Elle était couverte de bâtiments dispersés. J'en voyais s'élever au-dessus des vagues, tandis que d'autres se perdaient au-dessous ; chacun, à l'aide de ses voiles et de sa manœuvre, suivant des routes contraires, quoique poussé par un même vent ; images de l'homme et du bonheur, du philosophe et de la vérité.

Nos philosophes auraient été d'accord sur leur définition de la vertu, si la loi était toujours l'organe de l'utilité publique ; mais il s'en manquait beaucoup que cela fût et il était dur d'assujettir des hommes sensés, par respect pour une mauvaise loi, mais bien évidemment mauvaise, à l'autoriser de leur exemple et à se souiller d'actions contre lesquelles leur âme et leur conscience se révoltaient. Quoi donc, habitant de la côte du Malabar[3], égorgerai-je mon enfant, le pilerai-je, me frotterai-je de sa graisse pour me rendre invulnérable ? Me plierai-je à toutes les extravagances des nations ? Couperai-je ici les testicules à mon fils ? Là

---

1. Cette conclusion provisoire du Philosophe, ici, est prudente : on ne saurait, par impatience réformiste, mettre à mal la fragile cohésion sociale (les « mœurs »).   2. Ce *site*, bien que plusieurs fois traité par Vernet, ne correspond exactement à aucune toile de nous connue.   3. La côte du Malabar est au sud-ouest de l'Inde. « La religion des peuples qui l'habitent n'est qu'un assemblage de superstitions et d'idolâtrie » (*Encyclopédie*, article MALABAR).

foulerai-je aux pieds ma fille, pour la faire avorter ? Ailleurs
immolerai-je des hommes mutilés, une foule de femmes
emprisonnées à ma débauche et à ma jalousie[1] ? – Pourquoi
non ? Des usages aussi monstrueux ne peuvent durer ; et puis
s'il faut opter, être méchant homme ou bon citoyen ; puisque
je suis membre d'une société, je serai bon citoyen, si je
puis[2]. Mes bonnes actions seront à moi : c'est à la loi à
répondre des mauvaises. Je me soumettrai à la loi, et je
réclamerai contre elle. – Mais si cette réclamation prohibée
par la loi même est un crime capital ? – Je me tairai ou je
m'éloignerai. – Socrate[3] dira lui, ou je parlerai et je périrai.
L'apôtre de la vérité se montrera-t-il donc moins intrépide
que l'apôtre du mensonge[4] ? Le mensonge aura-t-il seul le
privilège de faire des martyrs ? Pourquoi ne dirai-je pas : la
loi l'ordonne ; mais la loi est mauvaise. Je n'en ferai rien.
Je n'en veux rien faire. J'aime mieux mourir. – Mais

---

1. Ces pratiques sont empruntées à l'ouvrage d'Helvétius, *De l'esprit*,
II, 14. Claude Adrien Helvétius (1715-1771), riche fermier général, aban-
donna cette charge pour se consacrer pleinement à la philosophie. *De
l'esprit* (1758) ayant été proscrit et Helvétius persécuté du fait de ses
positions matérialistes et antireligieuses, son second ouvrage, *De l'homme*,
ne fut pas publié de son vivant. Bien qu'en accord avec lui sur son sen-
sualisme hérité de Locke, son rationalisme et son engagement philosophique, Diderot réfuta ses positions comme trop mécaniques, trop utilita-
ristes, trop ouvertes à l'éducation et aux circonstances et pas assez à
l'« organisation », c'est-à-dire à la constitution et au caractère propres à
l'humain (voir la note 1, p. 56).   2. Voir sur ce thème l'article Droit
naturel de l'*Encyclopédie* (rédigé avant 1755) où Diderot affirme la pré-
éminence de la volonté générale, expression de l'utilité publique, sur les
prétentions de l'individu, en particulier du « méchant », et où il définit cette
volonté générale comme celle de l'espèce humaine, douée de raison.
Diderot ajoute ici l'appartenance à une société donnée : c'est la question
de Socrate, celle de l'obéissance à la loi civile ou religieuse de la cité,
quelle qu'elle soit.   3. Socrate a été pour le XVIIIᵉ siècle, et en particulier pour Diderot, le modèle du philosophe martyr de la vérité contre les
lois injustes de la cité. Diderot s'identifie souvent à ce modèle en dépit des
compromis qu'il a passés avec l'autorité. Ici, trois réponses sont suggérées :
le silence, l'exil, ou l'affirmation périlleuse d'une opposition. On voit qu'en
surimpression se dresse la figure de Jean-Jacques, qui affirme avoir choisi
le parti de la vérité et du retrait social. La brouille définitive entre Rousseau
et Diderot, intimes amis de seize ans, était intervenue en 1758. Elle hanta
la vie et l'œuvre du Philosophe.   4. L'« apôtre de la vérité », le philosophe persécuté, s'oppose-t-il pour Diderot au martyr chrétien, voire au
Christ, « témoin » d'une vérité religieuse mise en doute, ou à Jean-Jacques,

Aristippe[1] lui répondra ; je sais tout aussi bien que toi, ô
Socrate, que la loi est mauvaise, et je ne fais pas plus de cas
de la vie qu'un autre. Cependant je me soumettrai à la loi,
de peur qu'en discutant de mon autorité privée les mauvaises
lois, je n'encourage par mon exemple la multitude insensée
à discuter les bonnes[2]. Je ne fuirai point les cours comme
toi. Je saurai me vêtir de pourpre. Je ferai ma cour aux
maîtres du monde ; et peut-être en obtiendrai-je ou l'aboli-
tion de la loi mauvaise, ou la grâce de l'homme de bien qui
l'aura enfreinte[3].

Je quittais cette question. Je la reprenais pour la quitter
encore. Le spectacle des eaux m'entraînait malgré moi. Je
regardais. Je sentais. J'admirais. Je ne raisonnais plus. Je
m'écriais : Ô profondeur des mers ! Et je demeurais absorbé
dans diverses spéculations entre lesquelles mon esprit était
balancé, sans trouver d'ancre qui me fixât[4]. Pourquoi me
disais-je, les mots les plus généraux, les plus saints, les plus
usités, loi, goût, beau, bon, vrai, usage, mœurs, vice, vertu,
instinct, esprit, matière, grâce, beauté, laideur, si souvent
prononcés, s'entendent-ils si peu, se définissent-ils si diversement[5] ?... Pourquoi ces mots si souvent prononcés, si peu
entendus, si diversement définis, sont-ils employés avec la
même précision par le philosophe, par le peuple et par les

---

autre « apôtre du mensonge », malgré ses dires et sa posture d'irréductible ?
  1. Pour Aristippe, voir la note 3, p. 14. Ici, c'est Socrate, et non Diogène,
qui répond au philosophe cyrénaïque au manteau écarlate, ami des grands.
2. Le discours d'Aristippe est identique à celui de Diderot, méditant sur
le « danger de se mettre au-dessus des lois » (sous-titre de l'*Entretien d'un
père avec ses enfants*). Voir les notes 4, p. 52 et 1, p. 53.   **3.** L'argu-
mentaire d'Aristippe est celui même que Diderot développera dans l'*Essai
sur les règnes de Claude et Néron* (1778 et 1782) pour défendre la mémoire
de Sénèque, philosophe stoïcien richissime, précepteur et ministre de Néron
dont il a couvert bien des excès mais aussi limité l'injustice. Il ne s'agit
pas seulement pour Diderot, comme dans *Regrets sur ma vieille robe de
chambre*, de savoir s'il vit ou non dans le confort, signe de possibles
compromissions, mais de savoir, en philosophe digne de ce nom, quelle
réponse apporter à l'injustice des princes et des lois, afin de contribuer à
faire advenir un monde meilleur. C'est la mise en place du débat moderne
sur le rôle, plus ou moins critique ou complice, de l'« intellectuel » dans
la cité.   **4.** Déjà, à la fin du *Discours sur la poésie dramatique* de
1758, Diderot avait cherché un « point fixe », « modèle idéal » de l'homme
où assujettir fermement ses principes et sa conduite pour devenir un véritable philosophe.   **5.** Diderot continue à paraphraser Burke...

enfants ? L'enfant se trompera sur la chose, mais non sur la valeur du mot. Il ne sait ce qui est vraiment beau ou laid, bon ou mauvais, vrai ou faux ; mais il sait ce qu'il veut dire tout aussi bien que moi. Il approuve, il désapprouve ; comme moi. Il a son admiration et son dédain... Est-ce réflexion en moi ? Est-ce habitude machinale en lui ?... Mais de son habitude machinale, ou de ma réflexion, quel est le guide le plus sûr ?... Il dit : voilà ma sœur. Moi qui l'aime, j'ajoute : petit, vous avez raison ; c'est sa taille élégante, sa démarche légère, son vêtement simple et noble, le port de sa tête, le son de sa voix, de cette voix qui fait toujours tressaillir mon cœur... Y aurait-il dans les choses quelque analogie nécessaire à notre bonheur ?... Cette analogie se reconnaîtrait-elle par l'expérience ; en aurais-je un pressentiment secret ?... Serait-ce à des expériences réitérées, que je devrais cet attrait, cette répugnance qui réveillée subitement forme la rapidité de mes jugements ?... Quel inépuisable fonds de recherches... Dans cette recherche, quel est le premier objet à connaître ?... Moi... Que suis-je ? Qu'est-ce qu'un homme ?... Un animal ?... Sans doute. Mais le chien est un animal aussi. Le loup est un animal aussi. Mais l'homme n'est ni un loup ni un chien... Quelle notion précise peut-on avoir du bien et du mal, du beau et du laid, du bon et du mauvais, du vrai et du faux, sans une notion préliminaire de l'homme... Mais si l'homme ne se peut définir... tout est perdu... Combien de philosophes, faute de ces observations si simples, ont fait à l'homme la morale des loups, aussi bêtes en cela que s'ils avaient prescrit aux loups la morale de l'homme... Tout être tend à son bonheur, et le bonheur d'un être ne peut être le bonheur d'un autre... La morale se renferme donc dans l'enceinte de l'espèce... Qu'est-ce qu'une espèce ?... Une multitude d'individus organisés de la même manière... Quoi, l'organisation[1] serait la base de la morale... Je le crois... Mais Polyphème[2] qui n'eut presque rien de commun dans son

---

1. Voir la note 1, p. 54, ainsi que *Le Rêve de D'Alembert*, notamment la troisième partie, « Suite de l'entretien ». 2. *Polyphème* est le Cyclope qui dévora les compagnons d'Ulysse, dans l'*Odyssée* (IX, v. 287 *sq.*), et auquel le héros grec échappa à grand-peine, par ruse. À la suite de Locke citant Hobbes, Diderot évoque à plusieurs reprises Polyphème comme l'exemple du sauvage ou du despote solitaire, voire de Dieu, « seul de son espèce ».

organisation avec les compagnons d'Ulysse, ne fut donc pas plus atroce en mangeant les compagnons d'Ulysse, que les compagnons d'Ulysse en mangeant un lièvre ou un lapin... Mais les rois, mais Dieu qui est seul de son espèce ?...

Le soleil qui touchait à son horizon disparut. La mer prit tout à coup un aspect plus sombre et plus solennel. Le cré-puscule qui n'est d'abord ni le jour ni la nuit, image de nos faibles pensées, image qui avertit le philosophe de s'arrêter dans ses spéculations, avertit aussi le voyageur de ramener ses pas vers son asile. Je m'en revenais donc, et je pensais que s'il y avait une morale propre à une espèce d'animaux, et une morale propre à une autre espèce ; peut-être dans la même espèce, y avait-il une morale propre à différents indi-vidus, ou du moins à différentes conditions ou collections d'individus semblables ; et pour ne pas vous scandaliser par un exemple trop sérieux, une morale propre aux artistes ou à l'art, et que cette morale pourrait bien être le rebours de la morale usuelle. Oui, mon ami, j'ai bien peur que l'homme n'allât droit au malheur par la voie qui conduit l'imitateur de nature au sublime[1]. Se jeter dans les extrêmes, voilà la règle du poète. Garder en tout un juste milieu, voilà la règle du bonheur. Il ne faut point faire de poésie dans la vie. Les héros, les amants romanesques, les grands patriotes, les magistrats inflexibles, les apôtres de religion, les philo-sophes à toute outrance, tous ces rares et divins insensés font de la poésie dans la vie. De là leur malheur. Ce sont eux qui fournissent après leurs morts aux grands tableaux. Ils sont excellents à peindre. Il est d'expérience que la nature condamne au malheur celui à qui elle a départi le génie, et celle qu'elle a douée de la beauté. C'est que ce sont des êtres poétiques.

[Je me rappelais[2] la foule des grands hommes et des belles femmes dont la qualité qui les avait distingués du reste de leur espèce, avait fait le malheur. Je faisais en moi-même l'éloge de la médiocrité[3] qui met également à l'abri du blâme

---

1. Voir, pour *sublime*, la note 3, p. 26, et pour *imitateur de nature* la note 1, p. 49. Le *sublime*, mis en série avec la *poésie*, le *génie* et la *folie*, concerne donc ici autant la vie que l'art.   2. Ce fragment additionnel entre crochets ne figure pas dans le manuscrit autographe de la *Promenade Vernet*.   3. Caractère de ce qui est *médiocre*, qui est au milieu de deux extrémités, qui n'a ni excès, ni défaut.

et de l'envie ; et je me demandais pourquoi cependant personne ne voudrait perdre de sa sensibilité, et devenir médiocre ? Ô vanité de l'homme ! Je parcourais depuis les premiers personnages de la Grèce et de Rome, jusqu'à ce vieil abbé qu'on voit dans nos promenades, vêtu de noir, tête hérissée de cheveux blancs, l'œil hagard, la main appuyée sur une petite canne, rêvant, allant, clopinant. C'est l'abbé de Gua de Malves[1]. C'est un profond géomètre, témoin son traité des courbes du 3e et 4e genre, et sa solution ou plutôt démonstration de la règle de Descartes sur les signes d'une équation. Cet homme, placé devant sa table, enfermé dans son cabinet, peut combiner une infinité de quantités ; il n'a pas le sens commun dans la rue. Dans la même année, il embarrassera ses revenus de délégations, il perdra sa place de professeur au Collège royal, il s'exclura de l'Académie, il achèvera sa ruine par la construction d'une machine à cribler le sable, il criblera le sable et n'en séparera pas une paillette d'or ; il s'en reviendra pauvre et déshonoré ; en s'en revenant, il passera sur une planche étroite, il tombera et se cassera une jambe. Celui-ci est un imitateur sublime de nature ; voyez ce qu'il sait exécuter soit avec l'ébauchoir, soit avec le crayon, soit avec le pinceau ; admirez son ouvrage étonnant ; eh bien, il n'a pas sitôt déposé l'instrument de son métier qu'il est fou. Ce poète que la sagesse paraît inspirer et dont les écrits sont remplis de sentences à graver en lettres d'or ; dans un instant il ne sait plus ce qu'il dit, ce qu'il fait, il est fou ; cet orateur qui s'empare de nos âmes et de nos esprits, qui en dispose à son gré, descendu de la chaire, il n'est plus maître de lui, il est fou. Quelle différence, m'écriais-je, du génie et du sens commun ; de l'homme tranquille et de l'homme passionné. Heureux, cent fois heureux, m'écriais-je encore, M. Baliveau[2] capitoul de Toulouse ! C'est M. Baliveau qui boit bien, qui mange bien, qui digère bien, qui dort bien. C'est lui qui

---

1. Jean-Paul de Gua de Malves (1712-1786), mathématicien, professeur au Collège de France, fut le premier directeur du projet encyclopédique. Il avait passé contrat avec les libraires associés, mais fut vite supplanté en 1747 par le couple Diderot-D'Alembert, pour des raisons que le Philosophe expose clairement : ce professeur n'excellait ni par son sens pratique ni par son réalisme économique. Ajoutons qu'à un an près, le « vieil abbé » avait l'âge de Diderot ! 2. Par opposition aux divers « fous » inspirés qui

prend son café le matin; qui fait la police au marché, qui
pérore dans sa petite famille, qui arrondit sa fortune, qui
prêche à ses enfants la fortune, qui vend à temps son avoine
et son blé, qui garde dans son cellier ses vins, jusqu'à ce
que la gelée des vignes en ait amené la cherté, qui sait placer
sûrement ses fonds, qui se vante de n'avoir jamais été enve-
loppé dans aucune faillite, qui vit ignoré et pour qui le
bonheur inutilement envié d'Horace, le bonheur de mourir
ignoré fut fait.] M. Baliveau est un homme fait pour son
bonheur et pour le malheur des autres. Son neveu, M. de
l'Empirée[1] tout au contraire. On veut être M. de l'Empirée
à vingt ans; et M. Baliveau à cinquante. C'est tout juste
mon âge[2].

J'étais encore à quelque distance du château, lorsque
j'entendis sonner le souper[3]. Je ne m'en pressai pas davantage. Je me mets quelquefois à table le soir, mais il est rare
que je mange. J'arrivai à temps pour recevoir quelques plai-
santeries sur mes courses, et faire la chouette[4] à deux
femmes qui jouèrent les cinq à six premiers rois d'un bonheur extraordinaire. La galerie qui cherchait encore à les
amuser à mes dépens, trouvait qu'avec la ressource dont
j'étais dans la société, il ne fallait pas supporter plus longtemps ce goût effréné pour les montagnes et les forêts. Qu'on
y perdait trop. On calcula ce que je devais à la compagnie
à tant par partie, et à tant de parties par jour. Cependant la
chance tourna et les plaisants changèrent de côté. Il y a
plusieurs petites observations que j'ai presque toujours
faites. C'est que les spectateurs au jeu ne manquaient guère

---

hantent la société, M. Baliveau représente une sagesse étroite, terre à terre,
« réaliste » mais souvent ridicule. Personnage de *La Métromanie* d'Alexis
Piron (1738), M. Baliveau (dont le nom signifie « perche de bois ») est
capitoul (conseiller municipal) de Toulouse, intermédiaire entre les figures
de Crysale, « bon bourgeois » de Molière, et de « Monsieur Prudhomme »
au siècle suivant: un père de famille honnête mais borné, pusillanime,
incapable du moindre *sublime*.

1. Damis, ou M. de l'Empirée, neveu du précédent dans la comédie de
Piron, est comme son nom l'indique passionné de grandes choses, unique-
ment soucieux de poésie. C'est à sa manière un « poète romantique »,
monomaniaque, désintéressé et idéaliste.   2. En 1768, Diderot a
cinquante-cinq ans.   3. Le *déjeuner* étant au XVIIIᵉ siècle le premier
repas pris au réveil, le repas de midi se nomme *dîner*, et celui du soir
souper.   4. « Jouer seul contre deux ou plusieurs partenaires ».

de prendre parti pour le plus fort, de se liguer avec la fortune et de quitter des joueurs excellents qui n'intéressaient pas leur jeu[1], pour s'attrouper autour de pitoyables joueurs qui risquaient des masses d'or. Je ne néglige point ces petits phénomènes, lorsqu'ils sont constants, parce qu'alors ils éclairent sur la nature humaine que le même ressort meut dans les grandes occasions et dans les frivoles. Rien ne ressemble tant à un homme qu'un enfant. Combien le silence est nécessaire, et combien il est rarement gardé autour d'une table de jeu. Combien la plaisanterie qui trouble et contriste le perdant y est déplacée ; et combien je ne sais quelle sorte de plate commisération est plus insupportable encore. S'il est rare de trouver un homme qui sache perdre, combien il est plus rare d'en trouver un qui sache gagner. Pour des femmes, il n'y en a point. Je n'en ai jamais vu une qui contînt ni sa bonne humeur dans la prospérité, ni sa mauvaise humeur dans l'adversité. La bizarrerie de certains hommes sérieusement irrités de la prédilection aveugle du sort, joueurs infidèles ou fâcheux par cette unique raison[2]. Un certain abbé de Maginville[3] qui dépensait fort bien vingt louis à nous donner un excellent dîner nous volait au jeu un petit écu qu'il abandonnait le soir à ses gens. L'homme ambitionne la supériorité, même dans les plus petites choses. Jean-Jacques Rousseau qui me gagnait toujours aux échecs, me refusait un avantage qui rendît la partie plus égale... « Souffrez-vous à perdre », me disait-il. Non, lui répondais-je. Mais je me défendrais mieux et vous en auriez plus de plaisir. « Cela se peut, répliquait-il, laissons pourtant les choses comme elles sont[4]. » Je ne doute point que le premier président ne voulût savoir tenir un fleuret et tirer des armes mieux que Motet, et l'abbesse de Chelles mieux danser que la Guimard[5]. On sauve sa médiocrité ou son ignorance, par du mépris.

---

1. « Ne jouaient pas de grosses sommes d'argent. »   2. Cette phrase nominale est quelque peu bancale.   3. On n'a pas identifié cet abbé.   4. Le caractère de Rousseau est ici présenté sans acrimonie mais, selon Diderot, comme marqué par une étrangeté irréductible, par exemple son goût de l'égalité à tout prix, qui cacherait un désir de *supériorité* même dans les *petites choses*.   5. Un *premier président* est un important magistrat, fort éloigné de tirer les armes et surtout d'y égaler le maître d'armes Motet, comme l'*abbesse de Chelles* est une religieuse res-

Il était tard quand je me retirai ; mais l'abbé me laissa dormir la grasse matinée. Il ne m'apparut que sur les dix heures, avec son bâton d'aubépine et son chapeau rabattu. Je l'attendais, et nous voilà partis[1] avec les deux petits compagnons de nos pèlerinages. Nous étions précédés de deux valets qui se relayaient à porter un large panier. Il y avait près d'une heure que nous marchions en silence à travers les détours d'une longue forêt qui nous dérobait à l'ardeur du soleil, lorsque tout à coup je me trouvai placé en face du paysage qui suit. Je ne vous en dis rien. Vous en jugerez.

6e *site*[2]

Imaginez à droite la cime d'un rocher qui se perd dans la nue. Il était dans le lointain, à en juger par les objets inter-posés, et la manière terne et grisâtre dont il était éclairé. Proche de nous, toutes les couleurs se distinguent ; au loin, elles se confondent en s'éteignant, et leur confusion produit un blanc mat. Imaginez au-devant de ce rocher et beaucoup plus voisine, une fabrique de vieilles arcades. Sur le cintre de ces arcades, une plate-forme qui conduisait à une espèce de phare. Au-delà de ce phare, à une grande distance, des monticules. Proche des arcades, mais tout à fait à notre droite, un torrent qui se précipitait d'une énorme hauteur, et dont les eaux écumeuses étaient resserrées dans la crevasse profonde d'un rocher, et brisées dans leur chute par des masses informes de pierre ; vers ces masses, quelques barques à flot ; à notre gauche, une langue de terre où des pêcheurs et autres gens étaient occupés. Sur cette langue de terre, un bout de forêt éclairée par la lumière qui venait d'au-delà. Entre ce paysage de la gauche, le rocher crevassé, et la fabrique de pierre, une échappée de mer qui s'étendait

---

ponsable de son couvent, fort différente de Marie-Madeleine Morelle, dite la Guimard (1743-1816), qui fut danseuse au corps de ballet de la Comédie-Française puis à l'Opéra. Elle défraya la chronique par ses ruineuses extravagances autant qu'elle charma ses contemporains par son art. Pour *médiocrité*, voir la note 3, p. 57.

1. Ici commence la troisième journée.   2. Le sixième *site* repré-sente une *Marine* de Vernet dont nous avons perdu la trace.

à l'infini, et sur cette mer quelques bâtiments dispersés. À droite, les eaux de la mer baignaient le pied du phare, et d'une autre longue fabrique adjacente, en retour d'équerre qui s'enfuyait dans le lointain.

Si vous ne faites pas un effort pour vous bien représenter ce site, vous me prendrez pour un fou, lorsque je vous dirai que je poussai un cri d'admiration et que je restai immobile et stupéfait. L'abbé jouit un moment de ma surprise. Il m'avoua qu'il s'était usé sur les beautés de nature, mais qu'il était toujours neuf pour la surprise qu'elles causaient aux autres ; ce qui m'expliqua la chaleur avec laquelle les gens à cabinet y appelaient les curieux. Il me laissa pour aller à ses élèves qui étaient assis à terre, le dos appuyé contre des arbres, leurs livres épars sur l'herbe, et le couvercle du panier posé sur leurs genoux et leur servant de pupitre. À quelque distance, les valets fatigués se reposaient étendus ; et moi j'errais incertain sous quel point je m'arrêterais et verrais. Ô Nature, que tu es grande ! Ô Nature, que tu es imposante, majestueuse et belle ! C'est tout ce que je disais au fond de mon âme. Mais comment pourrais-je vous rendre la variété des sensations délicieuses dont ces mots répétés en cent manières diverses étaient accompagnés ? On les aurait sans doute toutes lues sur mon visage. On les aurait distinguées aux accents de ma voix, tantôt faibles, tantôt véhéments, tantôt coupés, tantôt continus. Quelquefois mes yeux et mes bras s'élevaient vers le ciel ; quelquefois ils retombaient à mes côtés, comme entraînés de lassitude. Je crois que je versai quelques larmes. Vous, mon ami, qui connaissez si bien l'enthousiasme et son ivresse, dites-moi quelle est la main qui s'était placée sur mon cœur, qui le serrait, qui le rendait alternativement à son ressort et suscitait dans tout mon corps ce frémissement qui se fait sentir particulièrement à la racine des cheveux qui semblent alors s'animer et se mouvoir[1].

Qui sait le temps que je passai dans cet état d'enchantement ? Je crois que j'y serais encore sans un bruit confus de voix qui m'appelaient. C'étaient celles de nos petits élèves et de leur instituteur. J'allai les rejoindre, à regret, et j'eus

---

1. Dès ses textes sur le théâtre (1757-1758), Diderot décrit les effets physiologiques que l'« enthousiasme » produit sur lui (immobilité, mutisme, picotements, chaleur, larmes).

tort. Il était tard. J'étais épuisé, car toute sensation violente épuise, et je trouvai sur l'herbe des carafons de cristal remplis d'eau et de vin, avec un énorme pâté qui, sans avoir l'aspect auguste et sublime du site dont je m'étais arraché, n'était pourtant pas déplaisant à voir. Ô rois de la terre, quelle différence de la gaieté, de l'innocence et de la douceur de ce repas frugal et sain, et de la triste magnificence de vos banquets ! Les dieux assis à leur table, regardent aussi du haut de leurs célestes demeures, le même spectacle qui attache nos regards, du moins les poètes du paganisme n'auraient pas manqué de le dire[1]. Ô sauvages habitants des forêts, hommes libres qui vivez encore dans l'état de nature et que notre approche n'a point corrompus, que vous êtes heureux, si l'habitude qui affaiblit toutes les jouissances et qui rend les privations plus amères, n'a point altéré le bonheur de votre vie[2].

Nous abandonnâmes les débris de notre repas aux domestiques qui nous avaient servis, et tandis que nos jeunes élèves se livraient sans contrainte aux amusements de leur âge, leur instituteur et moi, sans cesse distraits par les beautés de la nature, nous conversions moins que nous ne jetions par intervalles des propos décousus.

– Mais pourquoi y a-t-il si peu d'hommes touchés des charmes de la nature ?

– C'est que la société leur a fait un goût[3] et des beautés factices.

– Il me semble que la logique de la raison a fait bien d'autres progrès que la logique du goût.

– Aussi celle-ci est-elle si fine, si subtile, si délicate, suppose une connaissance si profonde de l'esprit et du cœur humain, de ses passions, de ses préjugés, de ses erreurs, de ses goûts, de ses terreurs que peu sont en état de l'entendre,

---

1. Homère, Virgile, mais aussi parmi bien d'autres Horace, qui mêle comme Diderot remarques prosaïques, détails piquants, réflexions politiques et sentences morales.   2. Le débat (qui passionne le siècle) sur le bonheur de l'homme naturel par rapport à celui de l'homme social, engagé avec et contre Rousseau à l'époque de la rédaction des *Discours* (1750-1755), se poursuivra jusqu'à la fin de la vie de Diderot, notamment dans la *Réfutation de l'Homme d'Helvétius*.   3. On passe peu à peu au cours du XVIIIᵉ siècle d'une réflexion sur le *goût* à l'*esthétique*, partie de la philosophie traitant du beau et du sublime.

bien moins encore en état de la trouver. Il est bien plus aisé de démêler le vice d'un raisonnement que la raison d'une beauté. D'ailleurs l'une est bien plus vieille que l'autre[1]. La raison s'occupe des choses, le goût de leur manière d'être. Il faut avoir ; c'est le point important. Puis il faut avoir d'une certaine manière. D'abord une caverne, un asile, un toit, une chaumière, une maison ; ensuite une certaine maison, un certain domicile. D'abord une femme, ensuite une certaine femme. La nature demande la chose nécessaire. Il est fâcheux d'en être privé. Le goût la demande avec des qualités accessoires qui la rendent agréable.

– Combien de bizarreries, de diversités dans la recherche et le choix raffiné de ces accessoires[2].

– De tout temps et partout le mal engendra le bien, le bien inspira le mieux, le mieux produisit l'excellent, à l'excellent succéda le bizarre dont la famille fut innombrable[3]... C'est qu'il y a dans l'exercice de la raison et même des sens, quelque chose de commun à tous, et quelque chose de propre à chacun ; cent têtes mal faites, pour une qui l'est bien. La chose commune à tous est de l'espèce. La chose propre à chacun distingue l'individu. S'il n'y avait rien de commun les hommes disputeraient sans cesse, et n'en viendraient jamais aux mains. S'il n'y avait rien de divers, ce serait tout le contraire. La nature a distribué entre les individus de la

---

1. *De l'entendre* : de la comprendre, de la discerner. Pour ce qui est de la « trouver », la raison humaine est plus *vieille* que le goût, produit raffiné de la « civilisation ».   2. L'opposition *goût-raison* rappelle la distinction opérée par Diderot entre le *syllogisme du philosophe* et le *syllogisme de l'orateur* dans la correspondance avec Falconet de septembre 1766 (voir la note 7, p. 16). Le syllogisme de l'orateur s'orne d'une multitude d'*idées accessoires*, nous dirions de connotations, ou d'harmoniques – annonce de la comparaison entre *jugement* et *imagination*, *philosophie* et *poésie*, qui suit immédiatement.   3. Cette rapide généalogie est développée ailleurs dans le *Salon*. L'essentiel pour Diderot est que la découverte grecque de la beauté a été le résultat d'un long « tâtonnement » historique, en sorte que d'une part sa valeur, éminente, n'est pas absolue, et que d'autre part elle ne saurait être reproduite passivement, mais réinventée par chaque artiste, même si le schéma d'ensemble est le même. La suite de la *Promenade* considère en particulier le passage de l'*excellent* au *bizarre*, ou encore du classicisme à la « manière », décadence multiforme du goût ; la fin reviendra sur des formes « barbares », énergiques, voire sanglantes, qui préludent à l'âge « classique », bref, de la perfection, de l'équilibre, inaugurant ou relançant un nouveau cycle historique du *goût*.

même espèce assez de ressemblance, assez de diversité, pour faire le charme de l'entretien et aiguiser la pointe de l'émulation.

– Ce qui n'empêche pas qu'on ne s'injurie quelquefois et qu'on ne se tue.

– L'imagination et le jugement sont deux qualités communes et presque opposées. L'imagination ne crée rien. Elle imite, elle compose, combine, exagère, agrandit, rapetisse. Elle s'occupe sans cesse de ressemblances. Le jugement observe, compare, et ne cherche que des différences. Le jugement est la qualité dominante du philosophe. L'imagination, la qualité dominante du poète[1].

– L'esprit philosophique est-il favorable ou défavorable à la poésie, grande question presque décidée par ce peu de mots.

Il est vrai. Plus de verve chez les peuples barbares que chez les peuples policés. Plus de verve chez les Hébreux que chez les Grecs. Plus de verve chez les Grecs que chez les Romains. Plus de verve chez les Romains que chez les Italiens et les Français. Plus de verve chez les Anglais que chez ces derniers. Partout décadence de la verve et de la poésie, à mesure que l'esprit philosophique a fait des progrès. On cesse de cultiver ce qu'on méprise. Platon chasse les poètes de sa cité[2]. L'esprit philosophique veut des comparaisons plus resserrées, plus strictes, plus rigoureuses. Sa marche circonspecte est ennemie du mouvement et des figures. Le règne des images passe à mesure que celui des choses s'étend. Il s'introduit par la raison, une exactitude, une précision, une méthode, pardonnez-moi le mot, une sorte de pédanterie[3] qui tue tout. Tous les préjugés civils et reli-

---

1. Diderot suit toujours Burke sur ce point comme sur les suivants. Mais il avait déjà développé cette gamme d'idées dans la *Lettre sur les sourds et muets* (1751) et dans *De la poésie dramatique* (1758), ainsi que dans les *Essais sur la peinture* (1765), qu'il ait été ou non influencé dès cette date par Burke.   2. Dans *La République*, cette célèbre décision est exposée ou explicitée dans les livres II, III, X.   3. L'abbé est instituteur, donc, au sens étymologique, un *pédant*. Le Philosophe, lui-même préoccupé de *pédagogie* (étymologiquement l'art d'enseigner aux enfants), présente ses excuses au passage, le terme *pédant* étant déjà pris au XVIIIᵉ siècle en mauvaise part.

gieux[1] se dissipent, et il est incroyable combien l'incrédulité[2]
ôte de ressources à la poésie. Les mœurs se policent, les
usages barbares, poétiques et pittoresques cessent, et il est
incroyable le mal que cette monotone politesse fait à la
poésie. L'esprit philosophique amène le style sentencieux et
sec. Les expressions abstraites qui renferment un grand
nombre de phénomènes se multiplient et prennent la place
des expressions figurées. Les maximes de Sénèque et de
Tacite succédèrent partout aux descriptions animées, aux
tableaux de Tite-Live et de Cicéron ; Fontenelle et La Motte
à Bossuet et Fénelon[3]. Quelle est à votre avis l'espèce de
poésie qui exige le plus de verve ? L'ode, sans contredit[4]. Il
y a longtemps qu'on ne fait plus d'odes. Les Hébreux en
ont fait et ce sont les plus fougueuses. Les Grecs en ont fait,
mais déjà avec moins d'enthousiasme que les Hébreux. Le
philosophe raisonne. L'enthousiaste sent. Le philosophe est
sobre. L'enthousiaste est ivre. Les Romains ont imité les
Grecs dans le poème dont il s'agit ; mais leur délire n'est
presque qu'une singerie. Allez à cinq heures sous les arbres
des Tuileries[5], là vous trouverez de froids discoureurs, placés
parallèlement les uns à côté des autres, mesurant d'un pas
égal des allées parallèles, aussi compassés dans leurs propos

---

1. Voir la note 4, p. 52. *Préjugé* est plus polémique que « code » ou
« loi ».　　　　2. L'*incrédulité* n'est pas ici l'athéisme au sens étroit, mais
le refus « philosophique » des *préjugés*, des vieilles, sottes et barbares
croyances, par opposition à la manière « moderne » de vivre et de penser
dans les villes (la *politesse*).　　3. Sénèque (v. 4 av. J.-C.-v. 65 apr. J.-C.),
philosophe stoïcien au style nerveux et tendu, et Tacite (v. 55-v. 120),
historien à la prose extrêmement concise, sont opposés à Tite-Live (v. 65
av. J.-C.-v. 10 apr. J.-C.), historien de Rome, et à Cicéron (106-43 av. J.-C.),
orateur, moraliste et homme politique, car leur style, surtout chez le second,
est plus détendu, plus périodique et plus orné. De même, Fontenelle
(1657-1757) et La Motte-Houdar (1672-1731), partisans des Modernes, à
la prose plus sèche et plus nette, sont opposés à Bossuet (1627-1704) et à
Fénelon (1651-1715), hommes d'Église dont le style est plus oratoire, plus
dense et majestueux pour le premier, plus souple et moelleux pour le
second.　　　　4. *Ode* : c'est de ce type de poème, accompagné de chant
chez les Anciens (cultivé par Pindare, Anacréon, Ronsard) et destiné le
plus souvent à célébrer de grands événements ou de grands hommes, que
Boileau dit qu'« un beau désordre est un effet de l'art ». Les termes *verve*
et *enthousiasme*, répétés à plusieurs reprises dans ce passage, lui convien-
nent parfaitement.　　　　5. Les Tuileries étaient au XVIIIe siècle l'une des
promenades à la mode de Paris.

que dans leur allure, étrangers au tourment de l'âme d'un poète qu'ils n'éprouvèrent jamais, et vous entendrez le dithyrambe de Pindare[1] traité d'extravagance, et cette aigle[2] endormie sous le sceptre de Jupiter, qui se balance sur ses pieds et dont les plumes frissonnent aux accents de l'harmonie, mise au rang des images puériles. Quand voit-on naître les critiques et les grammairiens ? Tout juste après le siècle du génie et des productions divines[3]. Ce siècle s'éclipse pour ne plus reparaître. Ce n'est pas que nature qui produit des chênes aussi grands que ceux d'autrefois, ne produise encore aujourd'hui des têtes antiques. Mais ces têtes étonnantes se rétrécissent en subissant la loi générale d'un goût pusillanime et régnant. Il n'y a qu'un moment heureux ; c'est celui où il y a assez de verve et de liberté pour être chaud, assez de jugement et de goût pour être sage[4]. Le génie crée les beautés. La critique remarque les défauts. Il faut de l'imagination pour l'un, du jugement pour l'autre. Si j'avais la raison à peindre, je la montrerais arrachant les plumes à Pégase[5], et le pliant aux allures de l'Académie[6]. Ce n'est plus cet animal fougueux qui hennit, gratte la terre du pied, se cabre et déploie ses grandes ailes ; c'est une bête de somme, la monture de l'abbé Morellet[7], prototype de la méthode. La discipline militaire naît, quand

---

1. Pindare (518-438 av. J.-C.), auteur des *Odes triomphales*, chef-d'œuvre du lyrisme grec. Les *dithyrambes* étaient des chants en l'honneur de Dionysos, à l'origine de la tragédie grecque. 2. L'*aigle*, quand il représente la puissance poétique ou le pouvoir impérial (romain, plus tard napoléonien), est féminin. 3. C'est, suggéré déjà plus haut, le thème développé notamment alors par Voltaire des « siècles » fameux, apogées politiques et surtout culturels, le « siècle de Périclès », le « siècle d'Auguste » et le « siècle de Louis XIV », auxquels succèdent des périodes plus critiques et moins créatrices. 4. Tel est le caractère du « siècle » classique, moment bref et exquis d'équilibre. 5. Cheval ailé de la mythologie grecque qui avait fait jaillir d'un coup de sabot la source Hippocrène : on a fait de lui le symbole de l'inspiration poétique. 6. Il s'agit de l'Académie royale de peinture, dont Diderot critique dans ses *Salons* le conservatisme étriqué, éloigné de l'inspiration vive de la nature, bref coupable d'« académisme ». 7. L'abbé André Morellet (1727-1819) participa aux combats « philosophiques ». Diderot le jugeait « un peu sec » ; mais, ajoute-t-il, « il est clair, exact, et surtout méthodique ». Cette pesante *méthode* se faisait sentir, note-t-il, jusque dans son style.

il n'y a plus de généraux. La méthode, quand il n'y a plus
de génie.

Cher abbé, il y a longtemps que nous conversons ; vous
m'avez entendu, compris, je crois... – Très bien. – Croyez-
vous avoir entendu autre chose que des mots... ? – Assuré-
ment. – Eh bien, vous vous trompez. Vous n'avez entendu
que des mots, et rien que des mots. Il n'y a dans un discours
que des expressions abstraites qui désignent des idées, des
vues plus ou moins générales de l'esprit, et des expressions
représentatives qui désignent des êtres physiques. Quoi,
tandis que je parlais, vous vous occupiez de l'énumération
des idées comprises sous les mots abstraits ; votre imagination travaillait à se peindre la suite des images enchaînées
dans mon discours. Vous n'y pensez pas, cher abbé. J'aurais
été à la fin de mon oraison[1] que vous en seriez encore au
premier mot, à la fin de ma description que vous n'eussiez
pas esquissé la première figure de mon tableau. – Ma foi,
vous pourriez bien avoir raison. – Si je l'ai ? J'en appelle à
votre expérience. Écoutez-moi :

> L'Enfer s'émeut au bruit de Neptune en furie.
> Pluton sort de son trône, il pâlit, il s'écrie.
> Il a peur que le dieu, dans cet affreux séjour
> D'un coup de son trident ne fasse entrer le jour ;
> Et par le centre ouvert de la terre ébranlée
> Ne fasse voir du Styx la rive désolée,
> Ne découvre aux vivants cet empire odieux,
> Abhorré des mortels et craint même des dieux[2].

Dites-moi, vous avez vu, tandis que je récitais, les Enfers,
le Styx, Neptune avec son trident, Pluton s'élançant d'effroi,
le centre de la terre entrouvert, les mortels, les dieux. Il n'en
est rien. – Voilà un mystère bien surprenant ; car enfin sans
me rappeler d'idées, sans me peindre d'images, j'ai pourtant
éprouvé toute l'impression de ce terrible et sublime mor-

---

1. C'est par manière de plaisanterie que Diderot utilise ce terme religieux, qui signifie « prière ».   2. Les vers cités par Diderot dans la
traduction de Boileau sont ceux de l'*Iliade*, XX, v. 61-65. Ils sont cités
dans le *Traité du sublime* où le pseudo-Longin (en fait, un rhéteur alexandrin
du I⁰ siècle qui a fréquenté des penseurs juifs) les présente comme un
exemple de *sublime*.

ceau. – C'est le mystère de la conversation journalière. – Et
vous m'expliquerez ce mystère ? – Si je puis... Nous avons
été enfants, il y a malheureusement longtemps, cher abbé.
Dans l'enfance, on nous prononçait des mots. Ces mots se
fixaient dans notre mémoire, et le sens dans notre entende-
ment ou par une idée, ou par une image ; et cette idée ou
image était accompagnée d'aversion, de haine, de plaisir, de
terreur, de désir, d'indignation, de mépris. Pendant un assez
grand nombre d'années, à chaque mot prononcé l'idée ou
l'image nous revenait avec la sensation qui lui était propre.
Mais à la longue, nous en avons usé avec les mots, comme
avec les pièces de monnaie. Nous ne regardons plus à
l'empreinte, à la légende, au cordon[1], pour en connaître la
valeur. Nous les donnons et nous les recevons à la forme et
au poids. Ainsi des mots, vous dis-je. Nous avons laissé là
de côté l'idée et l'image, pour nous en tenir au son et à la
sensation. Un discours prononcé n'est plus qu'une longue
suite de sons et de sensations primitivement excitées. Le
cœur et les oreilles sont en jeu, l'esprit n'y est plus. C'est
à l'effet successif de ces sensations, à leur violence, à leur
somme que nous nous entendons et jugeons. Sans cette abré-
viation, nous ne pourrions converser[2]. Il nous faudrait une
journée pour dire et apprécier une phrase un peu longue. Et
que fait le philosophe qui pèse, s'arrête, analyse, décompose,
il revient par le soupçon, le doute, à l'état de l'enfance.
Pourquoi met-on si fortement l'imagination de l'enfant en
jeu, si difficilement celle de l'homme fait ? C'est que l'enfant
à chaque mot, recherche l'image, l'idée. Il regarde dans
sa tête. L'homme fait a l'habitude de cette monnaie ; une
longue période[3] n'est plus pour lui qu'une série de vieilles
impressions, un calcul d'additions, de soustractions, un art
combinatoire, les comptes faits de Barême[4]. De là vient la
rapidité de la conversation, où tout s'expédie par formules,
comme à l'Académie[5], ou comme à la halle où l'on n'attache

---

1. Le « bord » ou la « tranche » de la pièce de monnaie.   2. Diderot
continue à commenter la *Recherche* de Burke.   3. Terme de style :
assemblage harmonieux de propositions.   4. François Barême
(1640-1703), protégé de Colbert, auteur d'ouvrages d'arithmétique et de
comptabilité, dont *Les Comptes faits du grand commerce*. On retrouve cette
formule de style proverbial dans *Le Rêve de d'Alembert*.   5. Ici l'Aca-

les yeux sur une pièce que quand on en suspecte la valeur, cas rares de choses inouïes, non vues, rarement aperçues, rapports subtils d'idées, images singulières et neuves. Il faut alors recourir à la nature, au premier modèle, à la première voie d'institution. De là, le plaisir des ouvrages originaux, la fatigue des livres qui font penser, la difficulté d'intéresser soit en parlant, soit en écrivant. Si je vous parle du Clair de lune de Vernet[1], dans les premiers jours de septembre, je pense bien qu'à ces mots vous vous rappellerez quelques traits principaux de ce tableau. Mais vous ne tarderez pas à vous dispenser de cette fatigue ; et bientôt vous n'approuverez l'éloge ou la critique que j'en ferai, que d'après la mémoire de la sensation que vous en aurez primitivement éprouvée. Et ainsi de tous les morceaux de peinture du Salon, et de tous les objets de la nature. Qui sont donc les hommes les plus faciles à émouvoir, à troubler, à tromper peut-être, ce sont ceux qui sont restés enfants et à qui l'habitude des signes n'a point ôté la facilité de se représenter les choses.

[Après un instant de silence et de réflexion[2], saisissant l'abbé par le bras, je lui dis : L'abbé, l'étrange machine qu'une langue ! Et la machine plus étrange encore qu'une tête ! Il n'y a rien dans aucune des deux qui ne tienne par quelque coin. Point de signes si disparates qui ne confinent. Point d'idées si bizarres qui ne se touchent. Combien de choses heureusement amenées par la rime dans nos poètes.

Après un second instant de silence et de réflexion, j'ajoutai : Les philosophes disent que deux causes diverses ne peuvent produire un effet identique ; et s'il y a un axiome dans la science qui soit vrai, c'est celui-là ; et deux causes diverses en nature, ce sont deux hommes... Et l'abbé dont la rêverie allait apparemment le même chemin que la mienne

---

démie française, dont l'une des tâches est de composer le dictionnaire de la langue.

1. L'exemple du *Clair de lune* de Vernet ainsi que l'allusion au Salon ne sont pas choisis sans dessein. Le lecteur est préparé, en passant, au *site* suivant, le septième, qui sera avoué pour un tableau. On notera en outre que Diderot met sur le même plan l'art (*morceaux de peinture*) et la nature (*objets*). 2. Les deux paragraphes qui suivent ne figurent pas dans le manuscrit autographe. Au prix de plusieurs remaniements, ils ont été détachés d'une lettre à Grimm (datée conjecturalement d'octobre 1768) et insérés dans la *Correspondance littéraire*, avec l'aval de Diderot.

continua en disant : Cependant deux hommes ont la même pensée et la rendent par les mêmes expressions ; et deux poètes ont quelquefois fait deux mêmes vers sur un même sujet. Que devient donc l'axiome ? – Ce qu'il devient ? Il reste intact. – Et comment cela, s'il vous plaît ? – Comment ? C'est qu'il n'y a dans la même pensée rendue par les mêmes expressions, dans les deux vers faits sur un même sujet, qu'une identité de phénomène apparente ; et c'est la pauvreté de la langue qui occasionne cette apparence d'identité. – J'entrevois, dit l'abbé ; à votre avis, les deux parleurs qui ont dit la même chose dans les mêmes mots, les deux poètes qui ont fait les deux mêmes vers sur un même sujet, n'ont eu aucune sensation commune ; et si la langue avait été assez féconde pour répondre à toute la variété de leurs sensations, ils se seraient exprimés tout diversement. – Fort bien, l'abbé ! – Il n'y aurait pas eu un mot commun dans leurs discours. – À merveilles. – Pas plus qu'il n'y a un accent commun dans leur manière de prononcer, une même lettre dans leur écriture. – C'est cela, et si vous n'y prenez garde, vous deviendrez philosophe. – C'est une maladie facile à gagner avec vous. – Vraie maladie, mon cher abbé. C'est cette variété d'accents que vous avez très bien remarquée qui supplée à la disette des mots et qui détruit les identités si fréquentes d'effets produits par les mêmes causes. La quantité des mots est bornée. Celle des accents est infinie. C'est ainsi que chacun a sa langue propre, individuelle[1], et parle comme il sent, est froid, ou chaud, rapide ou tranquille, est lui et n'est que lui, tandis qu'à l'idée et à l'expression il paraît ressembler à un autre. – J'ai, dit l'abbé, souvent été frappé de la disparate de la chose et du ton. – Et moi aussi. Quoique cette langue d'accent soit infinie, elle s'entend. C'est la langue de nature. C'est le modèle du musicien. C'est la source vraie du grand symphoniste. Je ne sais quel auteur a dit, *musices seminarium accentus*. – C'est Capella[2].

---

1. Le *Système de la nature* (voir la note 2, p. 30) reprend la même idée, celle d'*idiolecte* : « Chaque homme a, pour ainsi dire, une langue pour lui tout seul, et cette langue est incommunicable aux autres. »   2. « L'accentuation est la pépinière de la mélodie. » Après l'avoir citée une autre fois dans *Le Neveu de Rameau*, Diderot traduit lui-même cette formule et l'attribue également à l'érudit latin Martianus Capella, auteur au Ve siècle d'une encyclopédie.

– Jamais aussi vous n'avez entendu chanter le même air, à
peu près de la même manière par deux chanteurs. Cependant
et les paroles et le chant, et la mesure, autant d'entraves
données, semblaient devoir concourir à fortifier l'identité de
l'effet. Il en arrive cependant tout le contraire. C'est qu'alors
la langue du sentiment, la langue de nature, l'idiome indi-
viduel était parlé en même temps que la langue pauvre et
commune. C'est que la variété de la première de ces langues
détruisait toutes les identités de la seconde, des paroles, de
la mesure et du chant[1]. Jamais depuis que le monde est
monde deux amants n'ont dit identiquement, je vous aime ;
et dans l'éternité qui lui reste à durer, jamais deux femmes
ne répondront identiquement, vous êtes aimé. Depuis que
Zaïre est sur la scène, Orosmane n'a pas dit et ne dira pas
deux fois identiquement, Zaïre, vous pleurez[2]. Cela est dur
à avancer. – Et à croire. – Cela n'en est pas moins vrai.
C'est la thèse des deux grains de sable de Leibniz[3].]
   – Et[4] quel rapport, s'il vous plaît, entre cette bouffée de
métaphysique vraie ou fausse, et l'effet de l'esprit philosophique sur la poésie ?
   – C'est, cher abbé, ce que je vous laisse à chercher de
vous-même. Il faut bien que vous vous occupiez encore un
peu de moi, quand je n'y serai plus. Il y a dans la poésie,

----

   1. C'est ici, dans sa lettre à Grimm d'octobre 1768, d'où provient ce
développement, que Diderot commente : « Et voilà ce qui aurait fait encore
un joli paragraphe de la promenade de Vernet. »   **2.** La réplique
d'Orosmane se trouve dans la tragédie de Voltaire, *Zaïre*, IV, 2 (1732),
admirée au XVIIIe siècle à l'égal de celles de Racine.   **3.** Diderot
connaît et apprécie la pensée de Leibniz. Non seulement il a rédigé l'important article LEIBNIZIANISME de l'*Encyclopédie*, où il souligne la thèse
dite des « indiscernables » formulée par l'inventeur du calcul différentiel,
mais cette idée est l'une de celles qui structurent sa pensée. « Il n'y a pas
dans la nature, dit LEIBNIZIANISME, un seul être qui soit absolument égal
et semblable à un autre, en sorte qu'il soit possible d'y reconnaître une
différence interne et applicable à quelque chose d'interne. » On retrouve
cette idée, sous différentes formes, dans toute l'œuvre de Diderot.
4. Seconde intervention de Diderot dans sa lettre d'octobre 1768 à Grimm :
« Si vous imaginez que cette petite bouffée philosophique puisse entrer
dans la promenade, vous n'aurez qu'à dire. Je vois la place d'ici. Cela se
joindra à merveilles à l'endroit où je prouve à l'abbé qu'il m'a très bien
compris, quoiqu'il n'ait attaché ni idée ni image à mes expressions. / J'expliquerai là un autre mystère ; c'est celui de l'identité apparente
de nos pensées et de nos discours. Voyez. Je passerai chez vous et cela se
ferait en quatre minutes. / Bonjour. »

toujours un peu de mensonge[1]. L'esprit philosophique nous habitue à le discerner, et adieu l'illusion et l'effet. Les premiers des sauvages qui virent à la proue d'un vaisseau, une image peinte, la prirent pour un être réel et vivant, et ils y portèrent leurs mains. Pourquoi les contes des fées font-ils tant d'impressions aux enfants ? C'est qu'ils ont moins de raison et d'expérience. Attendez l'âge, et vous les verrez sourire de mépris à leur bonne. C'est le rôle du philosophe et du poète. Il n'y a plus moyen de faire de contes à nos gens[2]...

On s'accorde plus aisément sur une ressemblance que sur une différence. On juge mieux d'une image que d'une idée. Le jeune homme passionné n'est pas difficile dans ses goûts. Il veut avoir. Le vieillard est moins pressé. Il attend. Il choisit. Le jeune homme veut une femme. Le sexe lui suffit. Le vieillard la veut belle. Une nation est vieille, quand elle a du goût.

– Et vous voilà, après une assez longue excursion, revenu au point d'où vous êtes parti[3].

– C'est que dans la science, ainsi que dans la nature, tout tient ; et qu'une idée stérile, et un phénomène isolé, sont deux impossibilités[4].

Les ombres des montagnes commençaient à s'allonger, et la fumée à s'élever au loin au-dessus des hameaux ; ou en langue moins poétique, il commençait à se faire tard, lorsque nous vîmes approcher une voiture. – C'est, dit l'abbé, le carrosse de la maison. Il nous débarrassera de ces marmots qui, d'ailleurs, sont trop las pour s'en retourner à pied. Nous reviendrons, nous, au clair de la lune ; et peut-être trouverez-

---

1. Burke exprime la même idée. Mais ce thème ancien de l'illusion mensongère propre à l'art, dont Platon fait reproche au poète et à tout artiste dans la perspective d'une conception *mimétique* (représentative) de l'art, est l'une des plus anciennes préoccupations de Diderot. On la retrouve dans *Le Rêve de D'Alembert* et *Les Deux Amis de Bourbonne*. Elle donne son sens à la *Promenade Vernet*. **2.** *Conte*, outre son sens moderne, signifie au XVIIIe siècle : « mensonge », « illusions », « sornettes », comme dans *Ceci n'est pas un conte* (1772), à moins d'être un conte philosophique. *Nos gens* : les domestiques (par référence aux *bonnes*), assimilés aux *sauvages* et aux *enfants*, soit toute personne crédule. **3.** Le *goût*, caractère propre aux *vieilles nations*. **4.** Idée fondamentale de Diderot, très clairement exprimée dans les *Pensées sur l'interprétation de la nature*, XI : « L'indépendance absolue d'un seul fait est incompatible avec l'idée de tout ; et sans l'idée de tout, plus de philosophie. »

vous que la nuit a aussi sa beauté. – Je n'en doute pas ; et
je n'aurais pas grande peine à vous en dire les raisons[1].
Cependant le carrosse s'éloignait avec les deux petits
enfants, les ténèbres s'augmentaient, les bruits s'affaiblis-
saient dans la campagne, la lune s'élevait sur l'horizon ; la
nature prenait un aspect grave dans les lieux privés de
lumière, tendre dans les plaines éclairées. Nous allions en
silence, l'abbé me précédant, moi le suivant et m'attendant
à chaque pas à quelque nouveau coup de théâtre. Je ne me
trompais pas. Mais comment vous en rendre l'effet et la
magie ? Ce ciel orageux et obscur. Ces nuées épaisses et
noires ; toute la profondeur, toute la terreur qu'elles don-
naient à la scène ; la teinte qu'elles jetaient sur les eaux ;
l'immensité de leur étendue ; la distance infinie de l'astre à
demi voilé dont les rayons tremblaient à leur surface ; la
vérité de cette nuit, la variété des objets et des scènes qu'on
y discernait ; le bruit et le silence ; le mouvement et le repos ;
l'esprit des incidents ; la grâce, l'élégance, l'action des
figures ; la vigueur de la couleur ; la pureté du dessin ; mais
surtout l'harmonie et le sortilège de l'ensemble[2]. Rien de
négligé ; rien de confus ; c'est la loi de la nature riche sans
profusion, et produisant les plus grands phénomènes avec la
moindre quantité de dépense. Il y a des nuées, mais un ciel
qui devient orageux ou qui va cesser de l'être, n'en assemble
pas davantage. Elles s'étendent, ou se ramassent et se
meuvent ; mais c'est le vrai mouvement, l'ondulation réelle
qu'elles ont dans l'atmosphère. Elles obscurcissent, mais la
mesure de cette obscurité est juste. C'est ainsi que nous
avons vu cent fois l'astre de la nuit en percer l'épaisseur.
C'est ainsi que nous avons vu sa lumière affaiblie et pâle
trembler et vaciller sur les eaux. Ce n'est point un port de
mer que l'artiste a voulu peindre. Oui, mon ami, l'*artiste*.
Mon secret m'est échappé, et il n'est plus temps de recourir
après[3]. Entraîné par le charme du Clair de lune de Vernet,

---

1. Le Philosophe tient toujours à conserver une supériorité intellec-
tuelle, mais le dialogue se tient maintenant entre complices.   2. La
nuit tombe... Ces trois journées, en un sens, n'en font qu'une. Cette admirable description poétique au service de l'aimable ambiguïté art-nature
s'achèvera sur une manière d'extase : « Tout est vrai. On le sent. On
n'accuse, on ne désire rien. On jouit également de tout. » Voir la note 5,
p. 41.   3. Plaisante excuse.

j'ai oublié que je vous avais fait un conte jusqu'à présent : que je m'étais supposé devant la nature, et l'illusion était bien facile ; et tout à coup je me suis retrouvé de la campagne, au Salon. – Quoi, me direz-vous, l'instituteur, ses deux petits élèves, le déjeuner sur l'herbe, le pâté, sont imaginés. – *È vero*. – Ces différents sites sont des tableaux de Vernet ? – *Tu l'hai detto*. – Et c'est pour rompre l'ennui et la monotonie des descriptions que vous en avez fait des paysages réels et que vous avez encadré ces paysages dans des entretiens. – *A maraviglia. Bravo ; ben sentito*[1]. Ce n'est donc plus de la nature, c'est de l'art ; ce n'est plus de Dieu, c'est de Vernet que je vais vous parler.

Ce n'est point, vous disais-je, un port de mer qu'il a voulu peindre. On ne voit pas ici plus de bâtiments qu'il n'en faut pour enrichir et animer sa scène. C'est l'intelligence et le goût ; c'est l'art qui les a distribués pour l'effet ; mais l'effet est produit, sans que l'art s'aperçoive. Il y a des incidents, mais pas plus que l'espace et le moment de la composition n'en exigent. C'est, vous le répéterai-je, la richesse et la parcimonie de nature toujours économe et jamais avare ni pauvre. Tout est vrai. On le sent. On n'accuse, on ne désire rien. On jouit également de tout. J'ai ouï dire à des personnes qui avaient fréquenté longtemps les bords de la mer[2], qu'elles reconnaissaient sur cette toile, ce ciel, ces nuées, ce temps, toute cette composition.

---

1. Voilà donc l'aveu de la supercherie (mystification) autant « philosophique » que « littéraire » préparée et plus qu'à demi éventée depuis le début : c'est donc une *quasi-mystification*. L'italien des répliques – « C'est vrai », « C'est toi qui l'as dit », « À merveille. Bravo ; bien perçu » –, qui traduit une jubilation très *commedia dell'arte*, s'affiche gaiement comme théâtral et comique.   2. Diderot, né en 1713, ne découvrit pour la première fois la mer qu'en 1773, de passage en Hollande lors de son voyage vers Saint-Pétersbourg.

7e tableau[1]

Ce n'est donc plus à l'abbé que je m'adresse, c'est à vous[2].
La lune élevée sur l'horizon et à demi cachée dans des nuées
épaisses et noires, un ciel tout à fait orageux et obscur,
occupe le centre du tableau, et teint de sa lumière pâle et
faible et le rideau qui l'offusque et la surface de la mer
qu'elle domine. On voit à droite, une fabrique ; proche de
cette fabrique, sur un plan plus avancé sur le devant les
débris d'un pilotis. Un peu plus vers la gauche et le fond,
une nacelle[3] à la proue de laquelle un marinier tient une
torche allumée. Cette nacelle vogue vers le pilotis. Plus
encore sur le fond et presque en pleine mer, un vaisseau à
la voile et faisant route vers la fabrique ; puis une étendue
de mer obscure, illimitée. Tout à fait à gauche des rochers
escarpés. Au pied de ces rochers, un massif de pierre, une
espèce d'esplanade d'où l'on descend de face et de côté,
vers la mer, par une longue suite de degrés. Cette esplanade
est fermée à gauche, par les rochers ; à droite par un mur,
le derrière d'une fontaine dont l'ajutoir[4] et la décharge regardent la mer. Sur l'espace qu'elle enceint, à gauche, contre
les rochers, une tente dressée : au-dehors de cette tente, une
tonne sur laquelle deux matelots, l'un assis par-devant,
l'autre accoudé par-derrière, et tous les deux regardant vers
un brasier allumé à terre, sur le milieu de l'esplanade. Sur
ce brasier, une marmite suspendue par des chaînes de fer à
une espèce de trépied. Devant cette marmite, un matelot
accroupi et vu par le dos, plus vers la gauche une femme
accroupie et vue de profil. Contre le mur vertical qui forme
le derrière de la fontaine, debout, le dos appuyé contre ce
mur deux figures charmantes pour la grâce, le naturel, le
caractère, la position, la mollesse, l'une d'homme, l'autre
de femme. C'est un époux peut-être et sa jeune épouse ; ce

---

1. Ce *tableau*, qui se donne pour tel, et non plus pour un *site*, est
probablement identique à *Nuit sur terre, nuit à la mer*, ou à *Clair de lune*,
de Vernet, datés de 1766 et perdus.   2. C'est-à-dire à nouveau à son
ami Grimm, éditeur de la *Correspondance littéraire*, pour qui il rédige le
Salon de 1767.   3. Petite embarcation à voile.   4. *Ajutage*, ou
ajutoir, ou *ajoutoir* : terme d'hydraulique ; tuyau court qu'on adapte à un
orifice d'écoulement pour en augmenter la dépense.

sont deux amants, un frère et sa sœur. Voilà à peu près toute cette prodigieuse composition. Mais que signifient mes expressions exsangues et froides, mes lignes sans chaleur et sans vie, ces lignes que je viens de tracer les unes au-dessous des autres. Rien, mais rien du tout. Il faut voir la chose[1]. Encore oubliais-je de dire que sur les degrés de l'esplanade, il y a des commerçants, des marins occupés à rouler, à porter, agissants, de repos, et tout à fait sur la gauche et les derniers degrés, des pêcheurs à leurs filets[2].

Je ne sais ce que je louerai de préférence dans ce morceau. Est-ce le reflet de la lune sur ces eaux ondulantes ? Sont-ce ces nuées sombres et chargées et leur mouvement ? Est-ce ce vaisseau qui passe au-devant de l'astre de la nuit et qui le renvoie et l'attache à son immense éloignement ? Est-ce la réflexion dans le fluide, de la petite torche que ce marin tient à l'extrémité de sa nacelle ? Sont-ce les deux figures adossées à la fontaine ? Est-ce le brasier dont la lueur rougeâtre se propage sur tous les objets environnants, sans détruire l'harmonie ? Est-ce l'effet total de cette nuit ? Est-ce cette belle masse de lumière qui colore les proéminences de cette roche et dont la vapeur se mêle à la partie des nuages auxquels elle se réunit ?

On dit de ce tableau, que c'est le plus beau de Vernet, parce que c'est toujours le dernier ouvrage de ce grand maître qu'on appelle le plus beau. Mais encore une fois, il faut le voir. L'effet de ces deux lumières, ces lieux, ces nuées, ces ténèbres qui couvrent tout et laissent tout voir ; la terreur et la vérité de cette scène auguste, tout cela se sent fortement et ne se décrit point[3].

---

1. Rappelons que les lecteurs des *Salons* n'ont, au XVIIIᵉ siècle, guère de possibilités de voir les tableaux exposés, si ce n'est, dans certains cas, les gravures qui en sont tirées. Cela explique les descriptions détaillées que Diderot en donne (après coup et de mémoire, parfois défaillante ou déformatrice). Il n'en reste pas moins que les mots, il en est persuadé, sont inférieurs aux perceptions des sens – à moins qu'ils ne se fassent eux-mêmes poèmes, équivalents en « magie » évocatoire.   2. Diderot aime non seulement la présence humaine dans les tableaux, même les plus terribles et désolés, et la représentation, tendre ou pathétique, des liens de filiation et d'amour, mais le responsable de l'*Encyclopédie* qu'il est attache le plus grand prix aux images de l'activité humaine sous toutes ses formes. C'est l'une des raisons, parmi d'autres, de sa prédilection pour Vernet.   3. Diderot insiste sur le sentiment de « terreur » produit par ce tableau qui

Ce qu'il y a d'étonnant, c'est que l'artiste se rappelle ces effets à deux cents lieues de la nature, et qu'il n'a de modèle présent que dans son imagination, c'est qu'il peint avec une vitesse incroyable. C'est qu'il dit que la lumière se fasse et la lumière est faite[1]; que la nuit succède au jour, et le jour aux ténèbres; et il fait nuit, et il fait jour. C'est que son imagination aussi juste que féconde lui fournit toutes ces vérités. C'est qu'elles sont telles que celui qui en fut spectateur froid et tranquille au bord de la mer, en est émerveillé sur sa toile; c'est qu'en effet ses compositions prêchent plus fortement la grandeur, la puissance, la majesté de nature que la Nature même. Il est écrit, *Coeli enarrant gloriam Dei*[2], mais ce sont les cieux de Vernet; c'est la gloire de Vernet[3]. Que ne fait-il pas avec excellence? Figures humaines de tous les âges, de tous les états, de toutes les nations, arbres, animaux, paysages, marines, perspectives, toute sorte de poésie, rochers imposants, montagnes éternelles, eaux dormantes, agitées, précipitées, torrents, mers tranquilles, mers en fureur, sites variés à l'infini, fabriques grecques, romaines, gothiques[4], architecture civile, militaire, ancienne, moderne, ruines, palais, chaumières, constructions, gréements, manœuvres, vaisseaux, cieux, lointains, calme, temps orageux, temps serein, ciels de diverses saisons, lumières de diverses heures du jour, tempêtes, naufrages, situations déplorables, victimes et scènes pathétiques de toute espèce,

---

ne lui apparaît pas comme une aimable ou mélancolique scène de genre (ainsi que le pensaient d'autres salonniers) mais comme un morceau sombre, dont la grandeur nocturne (*auguste*) impressionne et rend muet: influence de Burke, souvenir de Longin, ou les deux?

1. On reconnaît, à peine modifiée, la formule de la Genèse citée à côté d'exemples grecs et latins par le pseudo-Longin comme le modèle par excellence du *sublime* chrétien, en sa simplicité terrible et sacrée: *fiat lux*. Voir la note 2, p. 68. 2. « Les cieux racontent la gloire de Dieu »: ce passage du dix-huitième psaume de David conforte la référence au *sublime* biblique. 3. Les salonniers contemporains insistent sur la force d'*illusion* de la peinture de Vernet, donc sur sa capacité *mimétique*, ou représentative, alors que l'incrédule Diderot lui confère une puissance *créative* au sens chrétien, biblique. À côté du terme *gloire*, éminemment propre au Seigneur, celui de *cieux*, préféré ici à *ciels*, en est un signe supplémentaire. Diderot explore les marges de la notion de *représentation*, et lui donne toute sa puissance démiurgique, « enthousiaste », voire irrationnelle, mais contrôlée dans le meilleur des cas (ainsi chez Vernet) par une « tranquille » et « froide » maîtrise. 4. Médiévales.

jour, nuit, lumières naturelles, artificielles, effets séparés ou confondus de ces lumières. Aucune de ses scènes accidentelles qui ne fît seule un tableau précieux. Oubliez toute la droite de son Clair de lune ; couvrez-la et ne voyez que les rochers et l'esplanade de la gauche, et vous aurez un beau tableau. Séparez la partie de la mer et du ciel d'où la lumière lunaire tombe sur les eaux, et vous aurez un beau tableau. Ne considérez sur sa toile que le rocher de la gauche, et vous aurez vu une belle chose. Contentez-vous de l'esplanade et de ce qui s'y passe ; ne regardez que les degrés avec les différentes manœuvres qui s'y exécutent et votre goût sera satisfait. Coupez seulement cette fontaine avec les deux figures qui y sont adossées, et vous emporterez sous votre bras un morceau de prix. Mais si chaque portion isolée vous affecte ainsi ; quel ne doit pas être l'effet de l'ensemble, le mérite du tout.

Voilà vraiment le tableau de Vernet que je voudrais posséder[1]. Un père qui a des enfants et une fortune modique serait économe en l'acquérant. Il en jouirait toute sa vie ; et dans vingt à trente ans d'ici, lorsqu'il n'y aura plus de Vernet, il aurait encore placé son argent à un très honnête intérêt. Car lorsque la mort aura brisé la palette de cet artiste, qui est-ce qui en ramassera les débris ? Qui est-ce qui le restituera à nos neveux[2] ? Qui est-ce qui payera ses ouvrages ?

Tout ce que je vous ai dit de la manière et du talent de Vernet, entendez-le des quatre premiers tableaux que je vous ai décrits, comme des sites naturels.

Le cinquième est un de ses premiers ouvrages. Il le fit à Rome[3] pour un habit, veste et culotte. Il est très beau, très harmonieux ; et c'est aujourd'hui un morceau de prix.

En comparant les tableaux qui sortent tout frais de dessus son chevalet, avec ceux qu'il a peints autrefois, on l'accuse d'avoir outré sa couleur. Vernet dit qu'il laisse au temps le soin de répondre à ce reproche et de montrer à ses critiques, combien ils jugent mal. Il observait à cette occasion que la

---

1. Comparons avec les *Regrets sur ma vieille robe de chambre*, où est dénoncé le *luxe* destructeur des familles et des héritages, alors que le Philosophe explique comment il est devenu, tout en restant lui-même, le propriétaire d'une toile de Vernet... et d'une robe de chambre écarlate.
2. « Nos petits-enfants » (sens classique).   3. Le séjour à Rome était, depuis la Renaissance, un moment obligé dans la formation d'un peintre.

plupart des jeunes élèves qui allaient à Rome copier d'après les anciens maîtres, y apprenaient l'art de faire de vieux tableaux ; ils ne songeaient pas que, pour que leurs compositions gardassent au bout de cent ans la vigueur de celles qu'ils prenaient pour modèles, il fallait savoir apprécier l'effet d'un ou de deux siècles, et se précautionner contre l'action des causes qui détruisent.

Le sixième est bien un Vernet ; mais un Vernet faible, faible ; *aliquando bonus dormitat*[1]. Ce n'est pas un grand ouvrage, mais c'est l'ouvrage d'un grand peintre ; ce qu'on peut toujours dire des feuilles volantes de Voltaire[2]. On y retrouve le signe caractéristique, l'ongle du lion.

Mais comment, me direz-vous, le poète, l'orateur, le peintre, le sculpteur peuvent-ils être si inégaux, si différents d'eux-mêmes ? C'est l'affaire du moment, de l'état du corps, de l'état de l'âme ; une petite querelle domestique, une caresse faite le matin à sa femme, avant que d'aller à l'atelier, deux gouttes de fluide perdues[3], et qui renfermaient tout le feu, toute la chaleur, tout le génie[4], un enfant qui a dit ou fait une sottise, un ami qui a manqué de délicatesse, une maîtresse qui aura accueilli trop familièrement un indifférent ; que sais-je ? un lit trop froid ou trop chaud, une couverture qui tombe la nuit, un oreiller mal mis sur son

---

1. « *Indignor quandoque bonus dormitat Homerus* », écrit exactement Horace dans son *Art poétique* (v. 357) : « Je m'indigne quand il arrive au bon Homère de sommeiller. » Depuis l'Antiquité, on avait été frappé par l'inégalité de ses épopées.   2. Diderot, comme ses contemporains, ne jugeait pas toutes les productions du très prolixe Voltaire de même qualité. Mais jusque dans ses écrits mineurs, on voit la griffe (*ongle* est un terme noble) du maître. Voltaire et Diderot ne se sont rencontrés que très tardivement, une seule fois : même si leurs options philosophico-religieuses différaient (Voltaire, déiste, dénonce l'athéisme et s'en tient au dualisme), leurs relations, un peu cérémonieuses, étaient faites d'admiration réciproque et de solidarité « philosophique ».   3. Si ces *gouttes de fluide perdues*, autrement dit de semence voluptueusement répandue, au hasard de la vie, ne suffisent pas à caractériser la passion amoureuse, comme il le dit à Sophie et à Falconet, Diderot est très attentif, dans toute son œuvre, à toutes les déterminations physiques et surtout physiologiques les plus ténues, qui rapprochent hasard et fatalité.   4. C'est Diderot qui a le plus contribué, en son siècle, à transformer le sens classique de ce terme (« caractère propre à une personne », « façon d'être »), tiré du latin *ingenium*, pour en faire un mot nouveau indiquant une qualité supérieure, en particulier une créativité intense, proche parfois du sublime, de l'enthousiasme, ou de la folie.

chevet, un demi-verre de vin de trop, un embarras d'estomac, des cheveux ébouriffés sous le bonnet, et adieu la verve. Il y a du hasard[1] aux échecs, et à tous les autres jeux de l'esprit. Et pourquoi n'y en aurait-il pas. L'idée sublime qui se présente où était-elle l'instant précédent ? À quoi tient-il qu'elle soit ou ne soit pas venue ? Ce que je sais c'est qu'elle est tellement liée à l'ordre fatal de la vie du poète et de l'artiste, qu'elle n'a pu venir ni plus tôt ni plus tard, et qu'il est absurde de la supposer précisément la même, dans un autre être, dans une autre vie, dans un autre ordre de choses[2].

Le septième est un tableau de l'effet le plus piquant et le plus grand. Il semblerait que de concert Vernet et Loutherbourg[3] se seraient proposé de lutter, tant il y a de ressemblance entre cette composition de l'un, et une autre composition du second, même ordonnance, même sujet, presque même fabrique. Mais il n'y a pas à s'y tromper. De toute la scène de Vernet, ne laissez apercevoir que les pêcheurs placés sur la langue de terre, ou que la touffe d'arbres à gauche plongés dans la demi-teinte et éclairés de la lumière du soleil couchant qui vient du fond, et vous direz, voilà Vernet ; Loutherbourg n'en sait pas encore jusque-là[4].

Ce Vernet, ce terrible Vernet joint la plus grande modestie au plus grand talent. Il me disait un jour : Me demandez-vous si je fais les ciels comme tel maître, je vous répondrai que non. Les figures comme tel autre, je vous répondrai que non. Les arbres et le paysage comme celui-ci, même réponse. Les brouillards, les eaux, les vapeurs comme celui-là, même réponse encore. Inférieur à chacun d'eux dans une partie, je les surpasse tous dans toutes les autres. Et cela est vrai.

Bonsoir, mon ami. En voilà bien suffisamment sur Vernet.

---

1. La nécessité, loi unitaire de ce monde, est faite de causes innombrables, souvent ténues, inconnaissables, qui prennent pour nous selon les cas la forme du destin (*fatum*) ou celle du *hasard*, tant dans l'œuvre d'art que dans la vie.   2. Voilà donc qui amarre la *Promenade Vernet* à *Jacques le fataliste*, œuvre elle-même inséparable des idées de totalité, de nécessité et d'ordre (*ni plus tôt ni plus tard*) qui, non sans ironie souvent, orientent toute sa pensée.   3. Voir la note 1, p. 32.   4. Un peu plus loin, dans le même *Salon de 1767*, Diderot rend compte d'une *Marine* de Loutherbourg qui ressemble fort, en effet, à celle de Vernet – mais, pour ce qui est de la qualité d'exécution, *il n'y a pas à s'y tromper* : c'est l'élève, non le maître.

Demain matin, si je me rappelle quelque chose que j'aie omis et qui vaille la peine de vous être dit, vous le saurez[1].

J'ai passé la nuit la plus agitée. C'est un état bien singulier que celui du rêve[2]. Aucun philosophe que je connaisse n'a encore assigné la vraie différence de la veille et du rêve. Veillé-je, quand je crois rêver ? Rêvé-je, quand je crois veiller ? Qui m'a dit que le voile ne se déchirerait pas un jour, et que je ne resterai pas convaincu que j'ai rêvé tout ce que j'ai fait et fait réellement tout ce que j'ai rêvé. Les eaux, les arbres, les forêts que j'ai vus en nature, m'ont certainement fait une impression moins forte que les mêmes objets en rêve. J'ai vu[3] ou j'ai cru voir, tout comme il vous plaira une vaste étendue de mer s'ouvrir devant moi. J'étais éperdu sur le rivage, à l'aspect d'un navire enflammé. J'ai vu la chaloupe s'approcher du navire, se remplir d'hommes et s'éloigner. J'ai vu les malheureux que la chaloupe n'avait pu recevoir, s'agiter, courir sur le tillac du navire, pousser des cris. J'ai entendu leurs cris. Je les ai vus se précipiter dans les eaux, nager vers la chaloupe, s'y attacher. J'ai vu la chaloupe prête à être submergée ; et elle l'aurait été, si ceux qui l'occupaient, ô loi terrible de la nécessité, n'eussent coupé les mains, fendu la tête, enfoncé le glaive dans la gorge et dans la poitrine, tué, massacré impitoyablement leurs semblables, les compagnons de leur voyage, qui leur tendaient en vain du milieu des flots, des bords de la chaloupe, des mains suppliantes et leur adressaient des prières qui n'étaient point entendues. J'en vois encore un de ces malheureux ; je le vois, il a reçu un coup

---

1. Ici se termine la troisième journée, suivie d'une dernière matinée, d'allure très différente, consacrée depuis Paris aux rêves de sa nuit ; mais l'obscurcissement nocturne, produisant l'effet « sublime », se double d'un éclaircissement philosophique décisif. **2.** L'intérêt de Diderot pour les rêves remonte au moins, mais de manière classiquement « philosophique », aux *Bijoux indiscrets* (1748). Quant au *Rêve de D'Alembert*, infiniment plus original, il est composé quelques mois après le *Salon*, en 1769. **3.** Cauchemar nocturne, ou spectacle au Salon, ou description après coup de l'un ou l'autre, ou tout cela ensemble ? Quoi qu'il en soit, la force immédiate, quasi hallucinatoire, de la vision renvoie à la tradition de l'*ekphrasis* classique (voir la note 4, p. 19) : illusion représentative et surgissement d'une quasi-présence. Ici le fantasme, image de désastre, règne en maître, du type de celui qui était discuté plus haut entre le philosophe et l'abbé.

mortel dans les flancs. Il est étendu à la surface de la mer ; sa longue chevelure est éparse. Son sang coule d'une large blessure. L'abîme va l'engloutir. Je ne le vois plus[1]. J'ai vu un matelot entraîner après lui sa femme qu'il avait ceinte d'un câble par le milieu du corps. Ce même câble faisait plusieurs tours sur un de ses bras. Il nageait. Ses forces commençaient à défaillir. Sa femme le conjurait de se sauver et de la laisser périr. Cependant la flamme du vaisseau éclairait les lieux circonvoisins. Et ce spectacle terrible avait attiré sur le rivage et sur les rochers les habitants de la contrée qui en détournaient leurs regards.

Une scène plus douce et plus pathétique succéda à celle-là. Un vaisseau avait été battu d'une affreuse tempête ; je n'en pouvais douter à ses mâts brisés, à ses voiles déchirées, à ses flancs enfoncés, à la manœuvre des matelots qui ne cessaient de travailler à la pompe. Ils étaient incertains, malgré leurs efforts, s'ils ne couleraient point à fond, à la rive même qu'ils avaient touchée. Cependant il régnait encore sur les flots un murmure sourd[2]. L'eau blanchissait les rochers de son écume. Les arbres qui les couvraient avaient été brisés, déracinés. Je voyais de toutes parts les ravages de la tempête. Mais le spectacle qui m'arrêta[3], ce fut celui des passagers qui épars sur le rivage, frappés du péril auquel ils avaient échappé, pleuraient, s'embrassaient, levaient leurs mains au ciel, posaient leurs fronts à terre ; je voyais des filles défaillantes entre les bras de leurs mères, de jeunes épouses transies sur le sein de leurs époux ; et au milieu de ce tumulte, un enfant qui sommeillait paisiblement dans son maillot ; je voyais sur la planche qui descendait du navire au rivage, une mère qui tenait un petit enfant pressé sur son sein ; elle en portait un second sur ses épaules. Celui-ci lui baisait les joues[4]. Cette femme était suivie de son mari ; il était chargé de nippes, et d'un troisième enfant

---

1. La dimension du temps, comme à propos du deuxième *site*, s'introduit dans la série répétitive des *j'ai vu* pour donner lieu à de véritables scènes de théâtre fortement dramatisées, ou à des sortes d'images cinématographiques avant la lettre.   2. Toujours comme pour le deuxième *site*, l'ouïe vient relayer la vue.   3. Les *Tempêtes* de Vernet qui servent de référence à ces « rêves » ne nous sont pas exactement connues. 4. Le pathétique de ces scènes, fort goûté à l'époque, notamment par Diderot critique de Greuze (*Salon de 1765*), renoue avec les moments les

qu'il conduisait par ses lisières[1]. Sans doute ce père et cette mère avaient été les derniers à sortir du vaisseau, résolus à se sauver ou à périr avec leurs enfants. Je voyais toutes ces scènes touchantes, et j'en versais des larmes réelles[2]. Ô mon ami, l'empire de la tête sur les intestins est violent sans doute ; mais celui des intestins sur la tête l'est-il moins ? je veille, je vois, j'entends, je regarde, je suis frappé de terreur. À l'instant la tête commande, agit, dispose des autres organes. Je dors, les organes conçoivent d'eux-mêmes la même agitation, le même mouvement, les mêmes spasmes que la terreur leur avait imprimés ; et à l'instant ces organes commandent à la tête, en disposent, et je crois voir, regarder, entendre. Notre vie se partage ainsi en deux manières diverses de veiller et de sommeiller[3]. Il y a la veille de la tête pendant laquelle les intestins obéissent, sont passifs. Il y a la veille des intestins où la tête est passive, obéissante, commandée. Ou l'action descend de la tête aux viscères, aux nerfs, aux intestins ; et c'est ce que nous appelons veiller ; ou l'action remonte des viscères, des nerfs, des intestins à la tête, et c'est ce que nous appelons rêver. Il peut arriver que cette dernière action soit plus forte que la précédente ne l'a été, n'a pu l'être, alors le rêve nous affecte plus vivement que la réalité. Tel peut-être veille comme un sot et rêve comme un homme d'esprit. La variété des spasmes que les intestins peuvent concevoir d'eux-mêmes correspond à toute la variété des rêves et à toute la variété des délires ; à toute la variété des rêves de l'homme sain qui sommeille, à toute la variété des délires de l'homme malade qui veille et qui n'est plus à lui. Je suis au coin de mon foyer. Tout prospère autour de moi. Je suis dans une entière sécurité.

---

plus intenses du *Fils naturel* (1757). Même s'il recourt volontiers par la suite à un ton plus « comique », ironique, Diderot ne désavoue pas cet expressionnisme violent ou tendre, chargé de pathos.

1. Les *lisières*, cordons attachés à la robe d'un enfant pour le soutenir quand il marche, sont ainsi nommées parce qu'elles sont souvent faites avec de la lisière de drap. Voir la note 4, p. 18. 2. La représentation peut être illusoire, son effet est réel. On est déjà dans la problématique du *Paradoxe sur le comédien*. 3. Le processus physiologico-poétique exposé ici en termes de dualités (tête-intestins, veille-sommeil, montée-descente) est développé dans *Le Rêve de D'Alembert* et dans le *Paradoxe sur le comédien*, textes-clés de la philosophie aboutie de Diderot, ainsi que dans les *Éléments de physiologie*.

Tout à coup, il me semble que les murs de mon appartement chancellent ; je frissonne ; je lève les yeux à mon plafond comme s'il menaçait de s'écrouler sur ma tête. Je crois entendre la plainte de ma femme, les cris de ma fille. Je me tâte le pouls ; c'est la fièvre que j'ai ; c'est l'action qui remonte des intestins à la tête et qui en dispose. Bientôt la cause de ces effets connue, la tête reprendra son sceptre et son autorité, et tous les fantômes disparaîtront. L'homme ne dort vraiment, que quand il dort tout entier. Vous voyez une belle femme. Sa beauté vous frappe, vous êtes jeune ; aussitôt l'organe propre du plaisir prend son élasticité. Vous dormez, et cet organe indocile s'agite ; aussitôt vous revoyez la belle femme et vous en jouissez plus voluptueusement peut-être. Tout s'exécute dans un ordre contraire. Si l'action des intestins sur la tête, est plus forte que ne le peut être celle des objets même, un imbécile dans la fièvre, une fille hystérique ou vaporeuse[1], sera[2] grande, fière, haute, éloquente, *nil mortale sonans*[3]. La fièvre tombe, l'hystérisme[4] cesse, et la sottise renaît. Vous concevez maintenant un peu ce que c'est que le fromage mou, qui remplit la capacité de votre crâne et du mien. C'est le corps d'une araignée, dont tous les filets nerveux sont les pattes, ou la toile[5]. Chaque sens a son langage. Lui, il n'a point d'idiome propre ; il ne voit point, il n'entend point, il ne sent même pas ; mais c'est

---

1. « *Vapeurs*, en Médecine, est une maladie appelée autrement *mal hypocondriaque* ou *mal de rate*. Elle est commune aux deux sexes [...] Les vapeurs des femmes, que l'on croit venir de la matrice, sont ce qu'on appelle autrement *affection* ou *suffocation hystérique* ou *mal de mère* », affirme l'*Encyclopédie*, qui met donc en cause l'opinion reçue.
2. Comme en latin, le verbe s'accorde avec le sujet le plus proche (*fille*) mais concerne aussi l'autre (*imbécile*) ; tous deux gagnent en éloquence pendant la *crise* puis retrouvent leur initiale *sottise*.   3. « Sa voix n'était plus la voix d'une mortelle » (*Énéide*, VI, v. 50). Telle est la sibylle de Cumes, touchée par le dieu, écumante, qui va conduire Énée aux Enfers, lieu d'un étrange sommeil peuplé de fantômes, et dont on sort, expérience réservée à quelques-uns, par une porte soit de corne soit d'ivoire, entre illusions, oubli et initiation indicible.   4. *Hystérisme* est un néologisme. Rappelons que l'*hystérie*, par son étymologie, renvoie traditionnellement à l'utérus, et donc au féminin et à ses « vapeurs ».
5. L'image de l'araignée, relayant ou non celle de l'essaim d'abeilles, se retrouve à plusieurs reprises dans l'œuvre de Diderot, notamment dans *Le Rêve de D'Alembert*, pour désigner le cerveau, centre du système nerveux.

un excellent truchement[1]. Je mettrais à tout ce système plus de vraisemblance et de clarté, si j'en avais le temps[2]. Je vous montrerais tantôt les pattes de l'araignée agitant le corps de l'animal ; tantôt le corps de l'animal mettant les pattes en mouvement. Il me faudrait aussi un peu de pratique de médecine. Il me faudrait... du repos, s'il vous plaît, car j'en ai besoin.

Mais je vous vois froncer le sourcil. De quoi s'agit-il encore ? Que me demandez-vous ?... J'entends[3]. Vous ne laissez rien en arrière. J'avais promis à l'abbé quelque radoterie sur les idées accessoires des ténèbres et de l'obscurité. Allons, tirons-nous vite cette dernière épine du pied, et qu'il n'en soit plus question[4].

Tout ce qui étonne[5] l'âme, tout ce qui imprime un sentiment de terreur conduit au sublime[6]. Une vaste plaine n'étonne[5] pas comme l'océan ; ni l'océan tranquille comme l'océan agité.

L'obscurité ajoute à la terreur. Les scènes de ténèbres sont rares dans les compositions tragiques. La difficulté du technique[7] les rend encore plus rares dans la peinture, où d'ailleurs elles sont ingrates, et d'un effet qui n'a de vrai juge que parmi les maîtres. Allez à l'Académie[8], et proposez-y seulement ce sujet tout simple qu'il est. Demandez qu'on vous montre l'Amour volant au-dessus du globe pendant la nuit, tenant, secouant son flambeau, et faisant pleuvoir sur la terre, à travers le nuage qui le porte, une rosée de gouttes de feu, entremêlées de flèches.

La nuit dérobe les formes, donne de l'horreur aux bruits ;

---

1. « Intermédiaire, interprète ».   2. Tel est, exécuté au cours des mois qui suivent la rédaction du *Salon*, l'objet du *Rêve de d'Alembert*. 3. « Je comprends ».   4. Loin d'être une digression de dernière minute (pour *idée accessoire*, voir la note 2, p. 64) extorquée par l'amitié à un salonnier fatigué ou ridicule (*radoterie*), le retour au *sublime* (voir la note 3, p. 30) boucle la *Promenade* philosophique sur elle-même, mais sans la clore ni la saturer.   5. *Étonner* a encore au XVIIIᵉ siècle quelque chose du sens premier, « frapper du tonnerre » : « ébranler violemment », « terrifier ».   6. Cette formule consonne avec les idées de Diderot depuis au moins la fin des années 1750. S'il condense là la définition que Burke donne du *sublime*, il n'en a pas moins dès 1757, dans les *Entretiens sur le Fils naturel*, rappelé l'« horreur secrète » suscitée par le *sublime*, ou évoqué des « rapports secrets » du même type.   7. Voir la note 4, p. 21. 8. Voir la note 6, p. 67.

ne fût-ce que celui d'une feuille, au fond d'une forêt, il met l'imagination en jeu ; l'imagination secoue vivement les entrailles, tout s'exagère. L'homme prudent entre en méfiance. Le lâche s'arrête, frémit ou s'enfuit. Le brave porte la main sur la garde de son épée.

Les temples sont obscurs. Les tyrans se montrent peu. On ne les voit point ; et à leurs atrocités on les juge plus grands que nature. Le sanctuaire de l'homme civilisé et de l'homme sauvage est rempli de ténèbres. C'est de l'art de s'en imposer à soi-même qu'on peut dire, *aliquid latet arcana non enarrabile fibra*[1]. Prêtres, placez vos autels, élevez vos édifices au fond des forêts. Que la plainte de vos victimes perce les ténèbres. Que vos scènes mystérieuses, théurgiques, sanglantes ne soient éclairées que de la lueur funeste des torches[2]. La clarté est bonne pour convaincre, elle ne vaut rien pour émouvoir. La clarté, de quelque manière qu'on l'entende, nuit à l'enthousiasme. Poètes, parlez sans cesse d'éternité, d'infini, d'immensité, du temps, de l'espace, de la divinité, des tombeaux, des mânes, des enfers, d'un ciel obscur, des mers profondes, des forêts obscures, du tonnerre, des éclairs qui déchirent la nue. Soyez ténébreux[3]. Les grands bruits ouïs au loin ; la chute des eaux qu'on entend sans les voir[4], le silence, la solitude, le désert, les ruines, les cavernes, le bruit des tambours voilés, les coups de baguettes séparés par des intervalles, les coups d'une cloche interrompus et qui se font attendre, le cri des oiseaux nocturnes,

---

1. « Ce qui est caché dans une fibre secrète et qu'on ne peut pas exprimer » (Perse, *Satires*, V, v. 29). Perse est un poète latin du Ier siècle apr. J.-C.   2. La *théurgie* est un type de magie lié aux pouvoirs des divinités célestes et des esprits surnaturels. Le très rationnel mais très émotif Diderot, sensible à la « poésie » et au « sublime », ressent avec intensité cette thématique « barbare » et effrayante qui, teintée d'irrationalisme et de fantastique (au sens nouveau de ce terme), sera celle, bientôt, des romans « noirs » ou « gothiques ».   3. On peut comparer avec un passage célèbre du *Discours sur la poésie dramatique* (1758) : « Qu'est-ce qu'il faut au poète ? Est-ce une nature brute ou cultivée, paisible ou troublée ? Préférera-t-il la beauté d'un jour pur et serein à l'horreur d'une nuit obscure, où le sifflement interrompu des vents se mêle par intervalles au murmure sourd et continu d'un tonnerre éloigné, et où il voit l'éclair allumer le ciel sur sa tête ? [...] La poésie veut quelque chose d'énorme, de barbare et de sauvage. »   4. Rappel de maints passages, dont celui qui est cité dans la note précédente, mais aussi de la *Promenade Vernet* elle-même (voir les notes 1, p. 33 et 2, p. 83).

celui des bêtes féroces en hiver, pendant la nuit, surtout s'il se mêle au murmure des vents, la plainte d'une femme qui accouche, toute plainte qui cesse et qui reprend, qui reprend avec éclat et qui finit en s'éteignant ; il y a dans toutes ces choses, je ne sais quoi de terrible, de grand et d'obscur[1].

Ce sont ces idées accessoires nécessairement liées à la nuit et aux ténèbres qui achèvent de porter la terreur dans le cœur d'une jeune fille qui s'achemine vers le bosquet obscur où elle est attendue. Son cœur palpite. Elle s'arrête. La frayeur se joint au trouble de sa passion. Elle succombe. Ses genoux se dérobent sous elle. Elle est trop heureuse d'atteindre les bras de son amant pour la recevoir et la soutenir ; et ses premiers mots sont : Est-ce vous ?

Je crois que les nègres sont moins beaux pour les nègres même que les blancs, pour les nègres et pour les blancs. Il n'est pas en notre pouvoir de séparer des idées que nature associe. Je changerai d'avis, si l'on me dit que les nègres sont plus touchés des ténèbres que de l'éclat d'un beau jour[2].

Les idées de puissance ont aussi leur sublimité. Mais la puissance qui menace émeut plus que celle qui protège. Le taureau est plus beau que le bœuf ; le taureau écorné qui mugit, plus beau que le taureau qui se promène et qui paît ; le cheval en liberté dont la crinière flotte aux vents, que le cheval sous son cavalier ; l'onagre que l'âne ; le tyran que le roi ; le crime peut-être que la vertu ; les dieux cruels que les dieux bons ; et les législateurs sacrés le savaient bien[3].

La saison du printemps ne convient point à une scène auguste.

La magnificence n'est belle que dans le désordre. Entassez des vases précieux. Enveloppez ces vases entassés, renversés, d'étoffes aussi précieuses. L'artiste ne voit là

---

1. Diderot synthétise des développements de Burke. Il a déjà repris ce vocabulaire et ces thèmes dans sa critique de *Salons* des années 1760. 2. Cette idée, reprise de Burke, serait-elle l'antithèse du point de vue de Voltaire (article BEAU, *Dictionnaire philosophique*, 1764), plus relativiste ? Le XVIIIᵉ siècle n'a cessé de se poser des questions sur l'influence du *climat* sur les *mœurs*.   3. Reprise de Burke. À propos de mœurs, notamment païennes, qui s'affaiblissent en s'adoucissant, « Je ne dis pas que ces mœurs sont bonnes, je dis qu'elles sont poétiques », précise Diderot en 1758 dans *De la poésie dramatique*. De manière liée, à propos du crime et de la vertu, voir les notes 6, p. 14 et 5, p. 47.

qu'un beau groupe, de belles formes. Le philosophe remonte à un principe plus secret. Quel est l'homme puissant à qui ces choses appartiennent et qui les abandonne à la merci du premier venu ?

Les dimensions pures et abstraites de la matière ne sont pas sans quelque expression. La ligne perpendiculaire, image de la stabilité, mesure de la profondeur, frappe plus que la ligne oblique[1].

Adieu, mon ami. Bonsoir et bonne nuit. Et songez-y bien soit en vous endormant, soit en vous réveillant, et vous m'avouerez que le traité du beau dans les arts est à faire, après tout ce que j'en ai dit dans les Salons précédents, et tout ce que j'en dirai dans celui-ci[2].

---

1. Contre William Hogarth (1697-1764), peintre, graveur et dessinateur anglais, satiriste féroce mais aussi théoricien, et comme tel défenseur plus « formaliste » de la ligne « serpentine », Diderot suit Burke.   **2.** Fin décevante ? Non, relance ironique, au futur. En effet, Diderot ne prétend pas composer dans sa *Promenade Vernet*, ni d'ailleurs dans l'ensemble de ses *Salons*, un « traité du beau dans les arts ». Tout au plus en fournit-il des éléments, « philosophiquement » élaborés et articulés à une enquête anthropologique générale. Diderot n'est pas un systématique ; il est un grand écrivain, un philosophe gai, sérieux et audacieux, soucieux d'expérience et passionné d'hypothèses, remarquable aussi bien par la fécondité de ses aperçus que par la riche (et parfois paradoxale) cohérence de sa pensée.

Biographie succincte

1713 Naissance à Langres de Denis Diderot. Son père est maître coutelier.

1723-1741 Études au collège de jésuites de Langres, puis à Paris. Bohème, lectures, maturation.

1743 Épouse Anne-Toinette Champion, lingère, malgré le refus de son père.

1747 Après des traductions de l'anglais et ses premières œuvres, devient avec D'Alembert directeur de l'*Encyclopédie*, qui paraîtra, avec bien des difficultés et des interruptions, de 1751 à 1766 (17 volumes de textes) et 1772 (planches).

1749 Emprisonné trois mois à Vincennes pour la *Lettre sur les aveugles*.

1757-1758 Tentative théâtrale (*Le Fils naturel, Le Père de famille* et textes théoriques).

1759 Début de la *Correspondance* connue avec Sophie Volland. Premier *Salon* pour la *Correspondance littéraire* de Grimm. Les *Salons* suivants seront ceux de 1761, 1763, 1765, 1767, 1769, 1771, 1775, 1781. Ses textes théoriques sur l'art paraissent en 1765 puis 1776.

1760 Violemment attaqué par la comédie des *Philosophes*. Écrit *La Religieuse*, qui sera suivi en 1762 par l'*Éloge de Richardson*.

1765 Catherine II achète sa bibliothèque et y joint une pension. C'est probablement à ce moment qu'il commence *Le Neveu de Rameau*.

1768 La *Promenade Vernet* paraît dans la *Correspondance littéraire*, fragment détachable du *Salon de 1767*.

1769 *Regrets sur ma vieille robe de chambre*, fragment rattachable au *Salon de 1769*. Écrit *Le Rêve de D'Alembert*. Commence *Le Paradoxe sur le comédien*.

1771-1774 *Contes, Supplément au voyage de Bougainville, Entretiens*.

1772 Début de la collaboration à l'*Histoire des deux Indes* de Raynal.

1773-1774 Voyage à Saint-Pétersbourg, avec deux séjours à La Haye.

1778-1780 Publication de *Jacques le fataliste* puis de *La Religieuse* dans la *Correspondance littéraire*.

1781-1782 Termine *Est-il bon ? Est-il méchant ?* ainsi que l'*Essai sur les règnes de Claude et Néron*.

1784 Mort de Diderot.

Bibliographie (très) sommaire

Sur Diderot

Arthur M. WILSON, *Diderot, sa vie, son œuvre*, Paris, Laffont-Ramsey, coll. « Bouquins », 1985.

Frederick SPEAR, *Bibliographie de Diderot. Répertoire analytique international*, Genève, Droz, vol. I, 1980; vol. II, 1988.

Roland MORTIER et Raymond TROUSSON (dir.), *Dictionnaire de Diderot*, Paris, Honoré Champion, 1999.

Revues consacrées à Diderot

Diderot Studies, Syracuse University Press, 1949-1952; Genève, Droz, 1961 *sq.*

Recherches sur Diderot et sur l'« Encyclopédie » (RDE), publication bi-annuelle de la Société Diderot, Paris, 1986 *sq.*

Éditions critiques

Regrets sur ma vieille robe de chambre, Hermann (DPV), 1980, t. XVIII, présentation et notes de Jean Varloot.

Promenade Vernet, RDE n° 2, avril 1987, avec une étude de Jacques Chouillet, « La promenade Vernet ».

Promenade Vernet, dans le *Salon de 1767*, Hermann (DPV), 1980, t. XVI, présentations et notes d'Else-Marie Bukdhal, Michel Delon et Annette Lorenceau.

Table

Composition réalisée par IGS-CP

Imprimé en Espagne par Liberdúplex
Barcelone
Librairie Générale Française – 31, rue de Fleurus – 75006 Paris
Édition 01
Dépôt légal éditeur : 48781-08/2004
ISBN : 2-253-08777-7

30/0330/8